KB072092

그때 우리
어른이
될 거라고는

기억의
조각을 맞추다

이 책은 2년 전 둘째를 임신하여 내 아이들이 남매가 되는 것을 알고, 나와 오빠와의 어린 시절 추억들을 되새기며 쓴 글이다. 우리 남매, 그리고 부모님과 함께한 어릴 적 일상들이 새록새록 떠올랐고 그 이후 부모님께 감사하는 마음도 더해졌다. 그 당시 가족들과 친구 때문에 죽을 만큼 힘들고 걱정하던 일들을 지금 생각하니 피식 웃음이 났다. 다시 돌아갈 수 없다는 아쉬움에 눈물이 나기도 한다.

이제 우리 둘째가 제법 커서 걸어 다니고 말귀도 알아듣는다. 남매가 사이좋게 지내기도 하고 싸우고 울기도 한다. 아마 더 크면 더 싸울 것이고 매일 울며 일기장에 서로가 없어졌으면 하고 기도할 것이다. 때로는 너무 다정하여 죽고 못 사는 남매가 되기도 할 테고……. 내가 겪었던, 그리고 나와 오빠가 겪었던 모습을 그대로 나의 자녀들이 겪을 것을 생각하니 이번엔 어머니의 심정이 헤아려진다.

부모가 되니 왜 그렇게 우리 부모님이 오빠와 나를 혼내셨는지 이해하게 된다. 그렇게 나도 세상을 바라보는 눈이 넓어지고 있다.

우리 아이들은 부족함이 없이 자라는 것처럼 보이지만 자연과 어른에 대한 감사하는 마음을 잘 모르고 자란다. 시골에 사는 조부모가 있지도 않고, 방학 때 놀러 갈 고향도 없다. 이 글을 쓰며 나는 그것이 가장 안타까웠다. 시골에서 볼 수 있는 작은 벌레, 들풀, 하늘, 별들도 아이들에게는 그저 책 속의 전유물이다. 농사를 짓는다는 것이 얼마나 어려운 일인지 모르고, 그렇기에 농부에게 감사하는 마음을 가져야 한다는 것도 이론적인 지식에 불과하다. 그래도 알려주고 싶었다. 우리는 이렇게 살았고, 시골이란 곳이 어떤 곳이었는지. 가족의 소중함 같은 것들을……. 평범했던 나의 어린 시절을 추억하며 이 글을 읽을 아이들이 바르고 건강한 생각을 하며 자랄 수 있도록 소망한다. 그리고 이 세상 모든 이들이 소중하다는 사실, 그들 덕분에 자신이 있다는 것을 깨닫길 바란다.

마지막으로 이 책의 주인공인 우리 부모님과 오빠, 내 옆을 평생 지켜줄 내 남편, 그리고 우리 집 보물들에게 고마움과 사랑하는 마음을 전하고 싶다.

차례

오빠의
레슬링과 나의
인형놀이

　　오빠와 나는 매우 달랐다. 오빠가 어릴 적 친구
에게 괴롭힘을 당하면 내가 쫓아가서 그 오빠들을 혼내줬다고 한다. 말
도 제대로 못 하는 꼬마가 큰소리를 치면 오빠 친구들은 당황해서 아무
말도 못 했다. 오빠는 어딜 가도 얌전히 한 곳에 앉아 있었지만 나는 열
심히 뛰어다녔다. 3살 때 병원에 입원했을 때는 병원 복도를 매일 뛰어다
녔다. 엄마는 링거병을 들고 날 쫓아다니느라 힘들었다고 하셨다. 오빠
는 아빠가 주말에 가끔 회사에 데리고 가서 종이와 펜만 주면 몇 시간
이고 가만히 앉아 있었다고 했다. 차분한 오빠와 활발한 나였지만 확실
히 남녀는 달랐다. 그리고 커가면서 우리의 취향은 더 많이 달라졌다.
　나는 마론 인형을 좋아했다. 긴 생머리와 가녀린 몸, 하얀 피부, 큰 눈
망울은 나에게 로망이었다. 사람을 닮았지만 사람 같지 않은 예쁜 외모

의 그녀. 어떤 이름을 붙여주어도 그녀의 외모를 표현할 수는 없었다. 내가 생각하는 가장 예쁜 이름, 세미라는 이름을 지어 주었다. 내가 인형을 좋아하니 엄마는 사촌 언니들이 갖고 놀던 인형을 얻어 오셨다. 그렇게 세미의 친구도 몇 명 생겼지만, 나는 여전히 세미가 가장 좋았다. 세미는 온종일 나와 함께 하는 내 친구였고, 내 우상이었다. 세미는 옷도 많았다. 얼마 전 산타할아버지가 선물로 주신 하얀 드레스도 있었고 엄마가 문구점에서 사주신 빨간색 원피스도 있었다. 내 옷을 선물 받는 것보다 세미의 옷을 선물 받는 게 좋아, 산타할아버지에게 세미의 옷을 사달라고 편지를 썼다. 문구점이나 마트에 가면 세미를 꾸밀 무언가를 찾아서 한참을 서성였다. 세미의 머리를 땋고 예쁜 옷을 갈아 입히는 것이 너무 재미있었다. 나도 나중에 크면 세미처럼 예쁜 사람이 될 수 있을 것 같았다. 명절에 선물 받은 곶감이 담겼던 바구니를 포장지로 덮어, 손수건으로 세미의 침대를 만들어 주고 방안을 꾸며 주었다. 케이크에 묶여 있던 리본으로 바구니를 예쁘게 묶어 놨다. 시계를 살 때 들어 있는 솜뭉치로 쿠션도 만들어 방에 놓아 주었다. 그리고 여느 때처럼 그날도 세미의 머리에 꽃을 달고 옷을 입히고 있었다. 세미는 말을 할 수 없지만 언제나 나를 보고 웃어 주었고, 내가 꾸민 자신이 맘에 드는 듯했다.

오빠는 옆에서 미국의 프로레슬링 프로그램을 보고 있었다. 2번 채널에서 하는 프로그램인데, 영어로 방송이 나와 알아들을 수도 없었다. 하지만 사회자가 영어로 설명하는 것은 중요하지 않았다. 링 위에는 헐크라는 사람이 얼굴에 가면을 쓰고 등장했고 입을 크게 벌리며 포효했다. 큰소리로 카메라를 보고 말을 하는데 알아들을 수는 없지만 내가 이 세상에서 가장 강한 사람이라는 것을 알리고 싶어 하는 듯했다. 번쩍이는 금색 가운을 입고 있었고, 허리에는 챔피언 배지를 차고 있었다. 금발 머리를 한 그는 마치 사자를 연상하게 했다. 취재진의 플래시가 여기저기서 터지고 관중들의 함성이 터져 나왔다. 헐크가 링 위 모서리에 있는 의자로 가서 앉자 다음으로 도전자인 듯 보이는 남자가 등장했다. 도전자역시 팔이 굉장히 굵고 얼굴도 무서웠다. 파란색 반바지를 입고 있었는데, 팔과 다리에 문신이 많이 있었다. 관중들은 야유했고, 그래도 기죽지 않고 링 위를 활보했다.

시작을 알리는 종소리가 들리고 경기가 진행되었다. 얼마 지나지 않아 헐크는 상대방을 금세 제압했고 각종 기술을 사용했다. 헐크는 도전자를 링 이쪽저쪽으로 던져 정신을 혼미하게 만든 다음 팔에 걸려 넘어지게 했다. 그리고는 링 모서리 위로 올라가 크게 소리치고 상대를 향해 뛰어내렸다. 도전자는 헐크에게 잡혀 힘들어 보였고, 곧 항복하는 듯 손으로 링 위를 여러 번 쳤다. 헐크는 무시무시한 두 손을 번쩍 흔들며 카메라를 노려보았다. 그리고는 손으로 우리를 가리켰다. 오빠의 눈이 반짝거리기 시작했다.

"야. 우리도 저거 해보자."

"싫어……."

나는 세미를 꼭 끌어안으며 말했다. 세미와 노는 시간을 방해받고 싶지 않았다. 사실 세미와 놀고 있었지만 텔레비전에서 나오는 소음 때문에 간간이 헐크를 볼 수밖에 없었다. 그때마다 무서운 그의 눈을 보고 깜짝 놀랐고 고개를 홱 돌려 버렸다. 헐크가 잔인하게 상대를 괴롭히는 모습, 아파하는 상대의 모습을 차마 계속 두고 보기가 어려웠다. 하지만 얼마 지나지 않아 세미는 내팽개쳐졌고 오빠는 방금 본 기술들을 화려하게 사용했다. 나는 방금 본 헐크의 상대 도전자처럼 방바닥을 계속 쳤다. 이렇게 하면 항복의 의미고 오빠는 그만할 거라고 생각했다. 하지만 현실 세계와 경기는 조금 달랐다. 헐크의 경기에 있는 심판이 여기에는 없었기 때문이었다.

오빠는 어떻게 하면 내가 더 괴로워하는지 연구하듯 계속해서 자세를 바꿔가며 나를 괴롭혔다. 너무 아팠다. 팔이 꺾이고 목이 졸리고 배가 눌리는 고통이 계속되었다. 3살이 많은 오빠의 힘을 도저히 감당할 수가 없었다. 저항할 수도 피할 수도 없었다.

"그만!"

내가 외쳤지만 소용이 없었다. 호기심 많은 남자아이에게 몇 분 전에 본 기술은 너무도 멋있었고 모든 것을 본 대로 다 해 봐야 직성이 풀렸다. 내가 아파하면 아파할수록 더 크게 웃으며 이름도 알 수 없는 기술들을 연마해 나갔다. 알아들을 수 없는 괴성을 지르며 이쪽, 저쪽으로 내 팔을 잡고 돌렸다. 팔로 목을 감싸고 머리를 이로 깨물었다. 나는 한참 동안 헐크로 변한 오빠의 상대가 되어 주다가 결국 울음을 터뜨렸다.

"으앙, 엄마! 오빠가 괴롭혀요."

오빠는 내 입을 막으며 마지막 기술까지 사용해 보려 했다. 그때 엄마가 오셨고, 고통은 끝나는 듯 보였다. 오빠도 엄마가 오시자 언제 그랬나는 듯 얌전해졌다. 아무 일도 없었다는 듯이 리모컨을 잡고 소파에 앉았다. 다시 일어나 세미를 집어 내 손에 쥐어 주었다. 엄마를 보자 서러움에 눈물이 계속 났고, 더 크게 울었다. 내 편이 왔다는 안도감 때문인지 울면 더 때리는 오빠도 무섭지 않아졌다. 하지만 엄마는 오빠가 아니라 우리 둘을 같이 혼내셨다.

"너희들은 왜 맨날 싸우니? 무슨 일이야?"

"오빠가 괴롭혀요."

훌쩍거리며 나는 대답했다.

"둘 다 여기 손들고 무릎 꿇고 있어. 뭘 잘못했는지 생각해봐."

오빠와 나는 무릎을 꿇고 손을 들고 서로를 바라봤다. 나는 너무도 억울했다. 레슬링을 시작한 것도 오빠였고, 날 괴롭힌 것도 오빠였는데 왜 내가 여기서 오빠와 같이 벌을 받아야 할까. 나는 맞기만 했고 아무것도 한 게 없었는데. 그저 세미와 평화로운 시간을 보내고 있었는데……. 내가 참지 못하고 울어버린 것이 잘못이었을까. 무엇이 내 잘못이라는 걸까. 여기저기 몸이 욱신거리고 아팠다. 손을 들고 있으니 팔까지 아프고 발도 저려왔다. 아픈 데다 억울하기까지 하니 내 눈물은 멈추질 않았다. 오빠는 여전히 킥킥대며 웃고 있었다. 아직도 더 해보고 싶은 레슬링 기술이 생각이 나는 것 같았다. 그러다 갑자기 고개를 휙 돌려 나를 바라봤다.

"너 때문에 엄마한테 혼나잖아. 일러바치니까 일본놈이야!"

"오빠가 먼저 괴롭혔잖아. 나 얼마나 아팠는지 알아?"

"내가 너랑 놀아 준 거야. 얼마나 재밌냐."

"하나도 재미없어. 난 레슬링 하기 싫어."

"너도 재밌다고 같이 봐놓고 왜 그러냐."

오빠와 나는 다시 말로 다투기 시작했다. 나는 계속 울면서 오빠에게 왜 날 때리는지 물었고, 오빠도 동생이 이해가 안 간다는 듯이 말을 했다. 내가 엄마에게 일렀기 때문에 자기가 벌을 받고 있다고 생각했다. 나를 때리고 괴롭힌 것이 아니라 본 것을 해보고 싶었는데 마침 옆에 내가 있었던 것이라고 했다. 내가 엄마에게 이르지만 않았어도 우리 둘이 잘 재미있게 놀고 있을 것이라고. 엄연히 레슬링이라는 스포츠고 기술을 사용한 것이라고. 말도 안 되는 억지를 부리며 우리 둘은 언성이 다시 높아졌다. 방금 엄마에게 혼난 것을 우리 두 사람 모두 잊은 듯했다. 지금도 벌을 받는 중이라는 것도 잊었다.

"너희들은 어떻게 끊임없이 싸우니?"

엄마가 소리 지르며 들어오셨다. 우리는 서로 죄가 없다고 주장했다. 우는 것이 나쁜데 계속 울고 있는 동생이 잘못했다고 주장하는 오빠와 먼저 날 때려서 더 잘못이 크다고 말하는 나였다. 둘이 함께 말을 하니 목청 또한 높아졌다. 엄마의 미간에 주름이 점점 깊어졌다.

"그만해! 너는 그만 울고. 각자 방으로 가!"

방으로 가는 우리는 여전히 눈빛으로 서로에게 말을 했다. 나도 그랬지만 오빠도 무엇을 잘못했는지 모르는 듯했다. 화를 내시는 엄마가 미웠고, 날 아프게 한 오빠도 미웠다. 방으로 들어와 혼자 생각을 해 봤다. 이 세상에 나 혼자 있는 듯했다. 내 편은 아무도 없고 나를 이해해 주는 사람도 아무도 없었다. 아직도 온몸 구석구석은 쓰라리고 아팠다. 왜 내가 먼저 태어나지 않고 오빠가 먼저 태어난 건지, 원망스러웠다.

오빠는 내가 갓난아기일 때부터 날 괴롭혔다고 했다. 부모님의 사랑을 독차지하던 오빠에게 나의 존재는 충격이었고 시기의 대상이었다. 아무래도 어린 나에게 손이 더 많이 갔고 일을 하지 않는 시간에는 나를 돌보셨다. 그런 모습이 오빠를 더 질투심에 불타게 했다. 오빠는 엄마가 안 계시는 틈을 타 아기인 동생을 꼬집고 때렸고, 울음을 터트리면 엄마에게 혼이 날까 봐 이불을 덮고 발로 밟았다고 했다.

언제부터 시작되었는지 모르는 오빠의 괴롭힘으로 난 늘 오빠가 없어졌으면 좋겠다고 생각했다. 부처님, 하나님께 같이 기도를 하면 들어 주실까. 벌떡 일어나 바닥에 무릎을 꿇고 앉아서 기도하기 시작했다.

'부처님, 하나님, 하늘에 계신 분들, 저희 오빠가 없어지게 해주세요. 저를 너무도 괴롭혀요. 저는 아무 잘못이 없는데 오빠가 저를 자꾸 때려서 아프게 해요. 엄마도 오빠 편이고 제 편은 이 세상에 아무도 없어요.'

서러움에 눈물이 났다. 오빠가 없어지면 어디로 없어질까. 그럼 나는 같은 반 혜민이처럼 오빠도 없고, 동생도 없이 혼자가 되겠구나. 혼자…혼자라고 생각하니 갑자기 기분이 이상해졌다. 혜민이는 언니가 갖고 싶다고 평소에 노래를 불렀다. 나도 혜민이 말처럼 언니가 갖고 싶었다. 언니가 있는 다른 친구들이 늘 부러웠다. 언니가 있는 친구들은 옷도 많고 아는 것도 많았다. 언니와 함께 많은 곳을 다니기도 했다. 하지만 지금 내게는 언니가 아닌 오빠가 있고, 오빠가 없으면 혼자가 된다.

내가 지금 언니를 가질 수 없다는 것쯤은 잘 알고 있다. 오빠가 없으면 난 혜민이 같은 외동딸이 된다. 오빠가 진짜 없어지면 어떻게 되지? 그것은 내가 바라는 것이 아닌 것 같았다. 오빠가 없으면 엄마, 아빠도 슬퍼하시고 나도 슬플 것 같았다. 외동딸이라고 부모님의 사랑을 독차지 하는 것도 좋은 것만 같지는 않았다. 우리 가족이 사는 이 집에 오빠 방이 없고, 오빠가 없다는 것이 상상이 되지 않았다. 아빠, 엄마가 외출하시면 오빠와 함께 있는데, 그런 오빠마저 없으면 이 집에서 혼자 있게 된다. 치킨이나 피자를 시켜서 같이 먹기도 했는데 혼자 먹게 된다. 차를 타고 여행을 갈 때면 뒷좌석에 혼자 앉아 있게 된다. 허전함, 그 이상으로 오빠를 생각하고 그리워할 것 같았다.

작년에 오빠가 캠프에 갔을 때가 생각이 났다. 오빠가 없는 2박 3일은 정말 조용했다. 한 사람이 없는 것이 얼마나 크게 다가오는지 느낄 수 있었다. 날 괴롭히더라도 오빠가 있는 것이 낫다는 생각이 들었다. 다시 기도를 시작했다.

'방금 한 기도는 잊으시고, 그냥 오빠가 착해지게 해 주세요. 저를 예뻐하게 해 주세요.'

학예회,
　　　저마다
빛나던 친구들

　　내가 5살 때 오빠는 학교에 갔다. 항상 괴롭히
기만 하던 오빠가 집에 없으니까 허전해서, 엄마에게 나도 학교에 보내달
라고 졸랐다. 엄마는 8살이 되어야 학교에 가는 것이라고 하셨다. 8살은
나에게 평생 올 것 같지 않았고, 지금 당장 가고 싶었다. 나는 매일 엄마
에게 졸랐고 엄마는 나를 학교가 아닌 피아노학원에 보내주셨다.

　　그렇게 해서 처음으로 학원이란 곳에 들어가게 되었다. 피아노를 치
는 것은 정말 재미있었다. 가끔은 피아노를 치다 졸아 뒤로 넘어갈 뻔하
기도 했지만 내게는 새로운 재미였다. 키가 작은 나를 위해 선생님은 의
자 위에 책을 깔아 주셨다. 페달은 발에서 한참 떨어져 있었고 한 옥타브
도 채 한 번에 손이 닿지 않았지만 열심히 쳤다. 피아노선율은 매우 아름
다웠다. 처음 치는 곡은 계속 틀렸지만 여러 번 연습하면 틀리지 않고 매

끄럽게 칠 수 있었다. 선생님은 악보에 동그라미 열 개를 그려 주시고 한 번 완주하면 동그라미를 하나씩 지워 나가라고 하셨다. 음표 위에는 숫자가 적혀 있는데 손가락의 순서였다. 1번은 엄지, 5번은 새끼손가락이고 숫자를 보고 맞는 손가락으로 건반을 눌러야 음이 자연스럽게 이어졌다. 선생님은 내게 악보를 잘 본다고 칭찬해 주셨고 칭찬에 신이 나 더 열심히 배웠다. 집에 오면 의자에 앉아 온종일 찬장을 두들기며 피아노 치는 흉내를 내고 피아노 음악을 들었다. 유치원 때는 선생님이 쳐주는 동요에 따라 피아노를 치기도 했다. 어릴 적부터 피아노를 배워 피아노 치는 것에는 자신감이 붙어 있었다. 내가 매일 집에서 피아노 치는 흉내만 내는 것이 안쓰러우셨는지 엄마는 비싼 피아노도 사주셨다. 그러다 콩쿠르에도 나갔었다. 엄마는 예쁜 옷을 사주셨고 머리도 예쁘게 해 주셨다.

나는 많은 사람이 있는 곳에서 무대에 올라가 피아노를 쳤다. 긴장되어 손에서는 땀이 많이 났고 미끄러워 실수를 몇 번 했다. 그래도 금상이라 적힌 트로피도 받았다. 고모의 결혼식에도 피아노를 쳤고 그때는 오빠가 옆에서 바이올린을 켰다. 연습을 많이 했는데도 오빠와 같이하니 속도가 점점 빨라져서 식은땀이 났다.

학예회 날이 다가오고 나는 피아노를 치기로 했다. 반에서 피아노하면 모두 나를 지목할 정도였으니 달리 할 것도 없었다. 나는 은파를 치기로 했다. 열흘 전부터 한 곡만 열심히 연습했다. 악보 없이 틀리지 않고 치려면 몇십 번은 쳐봐야 했다. 그런데 학예회 일주일 전 같은 반 친구 혜민이가 대중가요에 맞춰 춤을 추자고 했다. 며칠 전 지원이와 같이 혜민이네 집에 놀러 갔는데 가요 톱10을 녹화해서 여러 번 돌려 보았고 우리는 음악에 맞추어 춤을 따라 했다. 백댄서들은 멋지게 춤을 추고 가수들은 카메라를 쳐다보며 노래를 불렀다. 우리 셋은 다시 혜민이네 모여 천천히 비디오를 돌려 보았다.

할 수 있을 것 같았다. 피아노 연습도 해야 했지만 혜민이네 집에서 춤 연습도 하고 싶었다. 우리 셋은 옷도 맞춰 입기로 하고 춤 연습을 시작했다. 먼저 비디오를 여러 번 돌려 보며 안무를 익혔다. 자리 순서를 정하고 동선도 맞췄다. 혜민이가 학원을 가는 시간이면 지원이네 집이나 우리 집에서 둘이 연습을 했다. 모든 안무를 다 익혔을 때는 라디오에 음악을 녹음해서 근처 공터로 가서 춤을 맞춰 봤다. 서로 미진한 부분이 있으면 마주 보고 코치하며 안무를 완성해 갔다. 학예회 날이 다가오고 우리는 무슨 옷을 입을지 결정하기로 했다. 하얀색이 가장 무난해 보였다. 티셔츠는 하얀색으로 입고 바지는 까만색으로 결정했다. 나는 틈틈이 피아노 연습도 했다. 반 친구들에게 멋진 모습을 보여 주고 싶었고, 무엇 하나 소홀히 하고 싶지 않았다. 뭐든지 잘하는 아이가 되고 싶었다. 학예회 당일 교문 앞에서 혜민이와 지원이와 만났다.

우리는 옷까지 맞춰 입으니 무엇이라도 된 듯 우쭐해 교실로 들어갔다. 반 친구들은 각자 무엇인가 준비하고 있었다. 학예회 날에는 수업이 없기 때문에 소풍날과 비슷하게 아이들은 왠지 모르게 들떠 있다. 선생님이 반으로 오시기 전에 반장이 앞으로 나가 떠든 사람의 이름을 적는

다. 우리는 계속해서 안무 순서를 되새긴다. 반장이 조용히 하라는 말을 하지만 듣는 아이들은 아무도 없다. 제각기 그동안의 실력을 뽐내고 싶어 안달이 나 있다. 선생님이 들어 오시고 순서를 정해 주셨다. 가장 먼저 현겸이와 태진이의 검도 시범이 펼쳐졌다. 검도복을 갖춰 입고 기합소리에 맞추어 죽도를 흔들었다. 촛불을 끄기도 하고 나무를 자르기도 했다. 그리고는 가상 대결을 했다. 평소에도 의젓했던 친구들은 멋지게 소리를 치며 죽도를 휘둘렀다. 정중하게 인사를 하고 끝을 냈다. 두 친구에게 어울리는 운동이었고 우리는 박수를 쳤다.

다음은 현수와 5명의 친구들이 펼치는 태권도 시범이었다. 검은 띠를 두른 6명의 친구들은 같은 태권도 학원에 다녔다. 먼저 태권도 발차기와 지르기를 보여 주더니, 몇 명 친구들이 합판을 들고 주먹으로 발로 합판을 깨기 시작했다. 아이들의 환호성이 터져 나왔다. 아침부터 풍선을 불더니 돌려차기로 그 풍선을 터뜨렸다. 친구들은 멋있게 인사를 했다. 다음 차례는 주리의 바이올린 연주였다. 주리는 피아노도 잘 쳤지만, 오늘은 바이올린을 켰다. 개인 교습을 받는다는 주리의 실력은 대단했다.

우리는 검도와 태권도로 흥분되었던 마음을 가라앉히고 주리의 바이올린 소리를 감상했다. 주리는 진지하게 눈을 감고, 때로는 미간을 찌푸리기도 하며 바이올린을 켰다. 음악이 끝나고 아쉬운 듯 주리가 자리로 돌아왔다. 그리고 유진이의 플루트 연주가 시작되었다. 은색의 예쁜 플루트는 소리도 아름다웠고, 나도 플루트를 배우고 싶은 마음이 들었다. 리코더가 아닌 플루트는 소리부터 다르고 겉모양까지 예뻤다. 다음은 내 차례였다. 인사를 하고 피아노 의자에 앉았다. 조금은 떨렸지만 벽을 보고 치니 더 집중할 수 있었다. 아이들을 보고 쳤으면 아마 더 떨려서 못했을 것 같았다. 콩쿠르에서는 모르는 어른들 앞에서 심사를 받았지만, 반 친구들에게 점수를 받는 입장도 아니었기 때문에 마음이 차분해졌다. 마지막에는 더 편안함을 느꼈고 잘 끝낼 수 있었다.

유리는 노래를 불렀다. 합창대회를 나갈 정도로 노래를 잘했던 유리의 목소리는 말 그대로 은쟁반에 옥구슬이 굴러가는 소리였다. 예쁜 동요를 부른 유리는 인사를 하고 들어 왔다. 발레 학원에 다니는 주영이는 예쁘게 발레복을 입고 백조의 호수 음악에 맞추어 춤을 추었다. 분홍색 발레복과 토슈즈는 너무 아름다웠고, 엄지발가락으로 지탱하여 빙그르르 도는 모습은 우리의 탄성을 자아내었다. 다리를 일자로 쭉 뻗을 때는 내 가랑이가 아픈 듯하여 눈을 찌푸리기도 했다. 우리 반 친구들이 이렇게 많은 재주가 있었다니 놀랍기도 했다. 이런 자리를 빌려 비로소 자기 기량을 뽐내니 아이들은 신이 날 수밖에 없었다. 물론 학예회 날이 기쁘지 않은 친구도 있었을 것이다. 모두가 앞으로 나가 장기자랑을 하는 것이 아니었기 때문에 박수만 치는 친구들에게는 재미없는 시간일 수도 있었다. 하지만 다음 차례는 우리 모두 함께할 수 있었다.

진규가 앞으로 나가서 카드 마술을 선보였다. 진규는 우리에게 카드 하나를 보여 주고 안으로 넣었다. 그리고 열심히 섞은 다음에 가장 위에 있는 카드를 보여 주었다. 우리에게 보여 준 그 카드였다. 아이들은 신기

해했다. 진규는 싱긋 웃으며 카드를 현란하게 섞었다. 다시 카드 하나를 꺼내 우리에게 보여 준 뒤 책상 위에 올려놓았다. 그리고 선생님의 손을 얹었다. 카드를 열심히 섞고 하늘에서 무언가를 꺼내는 시늉을 하더니 선생님 손을 들고 카드를 보여 줬다. 이전에 봤던 카드가 아니다. 선생님과 아이들은 모두 놀라 소리쳤다. 이전에 봤던 장기자랑과는 달리 모든 아이가 호응했다. 나도 함께 소리를 질렀지만, 다음 차례가 우리였기 때문에 걱정이 되기도 했다. 혜민이, 지원이와 함께 앞으로 나가 자리에 섰다. 음악이 시작되고 우리는 그동안 연습했던 안무들을 해나갔다.

몇몇 아이들은 함께 일어나 춤을 추기도 했고, 우리는 더 신이 났다. 반 친구들은 음악에 맞추어 박수를 쳐 주었다. 혜민이와 자리를 바꿀 차례였다. 긴장한 듯한 혜민이와 눈빛 교환을 했다. 혜민이가 순서를 깜빡한 모양이다. 나도 당황했지만 멈출 수 없어 다음 동작으로 이어 나갔다. 이 노래를 하도 많이 들어서 외웠기에 흥얼흥얼 노래를 부르며 춤을 췄다. 마지막 동작은 우리 각자 다른 포즈를 취하고 끝났고 아이들은 박수를 쳤다. 연습시간은 굉장히 길었지만 노래 한 곡은 짧았다. 그래서 더 아쉬움이 많이 남았지만 후회는 없었다.

반 친구들 개개인은 각각의 아름다운 색을 지니고 있었고 또 반짝반짝 빛나고 있었다. 한 친구도 소중하지 않은 친구는 없었다. 단상에 나가 자기의 특기를 보여 주지 못한 친구라 할지라도 분명히 재주가 있었다. 만들기나 발명을 잘하거나, 글씨를 잘 쓰거나, 그림을 잘 그리거나, 다른 무언가에 소질이 있었다. 그렇기에 학예회 이후에는 작품전시회를 했다.

단시간에 보여 줄 수 없는 자신의 재능을 전시회를 통해 보여 줄 수 있었다. 전시회에서도 자기 재능을 보여 주지 못한 친구도 있다. 수학을 잘하거나, 영어를 잘하거나 다른 공부에 소질이 있을 수도 있었다. 그런 아이들을 위해서 각종 경시대회가 있었고 상을 주었다. 청소를 열심히 잘하는 아이, 친구들과의 싸움을 잘 중재하는 아이, 옷을 잘 입는 아이 등 그 밖의 재능이 있는 아이도 분명히 존재했다. 우리는 세상에 가치 있는 존재이고, 빛을 내기 위해 각자가 노력하는 것이었다. 자기가 자신 있고, 좋아하는 부분에 있어서 남들보다 돋보이고자 노력하고 훗날 사회에서 필요한 존재가 되어 살아갈 것이었다.

학예회를 통해서 친구들의 진가를 더 볼 수 있었다. 평소에 거짓말을 잘해 친구들이 싫어하던 유리였지만 오늘만큼은 꾀꼬리가 되어 아름다운 노래를 부르는 친구였다. 집에 돌아와 엄마에게 오늘 있었던 학예회에 대해 말씀드렸다. 엄마는 친구들 모두 소중한 존재이니, 소외당하는 친구에게도 잘해주라 하셨다. 내일은 한 번도 말해보지 않은 반 친구에게 말을 걸어볼 생각을 하며 하루를 마무리했다.

달고나,
　　　달콤한
　　　　추억

　　　　하교할 때 교문 앞에는 노점상들이 늘 있었다.
병아리를 파는 아주머니, 솜사탕을 파는 아저씨, 아이스크림을 파는 아
저씨……. 그리고 달고나를 만들고 있는 아주머니. 항상 같은 분이 계시
는 것은 아니지만 그래도 한 분은 꼭 계셨던 것 같다. 어린이날에 대공원
에 갔을 때 정문 앞에는 병아리를 파는 아주머니가 계셨다. 오빠와 나는
삐악삐악하는 그 모습이 너무 귀여워 엄마에게 사달라고 졸랐다. 하지
만 엄마는 안된다고 하셨다. 학교 앞에서 파는 병아리도 사고 싶었지만
엄마에게 혼날까 싶어 한 번도 사 본 적은 없었다. 몇 해를 사달라고 말
만 했다. 그러다 지난해 대공원 앞에서 아빠가 한 마리를 사주셨다. 작은
상자에 병아리를 담아 집에 오는 길 내내 병아리를 쳐다보았다. 작고 귀
여워 만지고 싶었지만 너무 많이 만지면 죽는다고 하셔서 꾹 참았다. 그

리고 큰 상자를 구해 모이와 물을 주고 거실에 놓아두었다. 병아리는 쉴 새 없이 삐악 소리를 냈다. 그리고 좁쌀을 먹었다. 오빠와 나는 병아리가 닭이 되는 상상을 했고, 밤이 되어 우리도 각자 방으로 들어가서 잤다. 밤새 병아리 우는 소리에 시끄러웠다. 하지만 다음 날 아침 병아리는 싸늘해져 있었고, 우리는 집 앞에 병아리를 묻어 주고 나뭇가지로 묘비를 만들어 주었다. 엄마는 이것 보라고 하시면서 다시는 병아리를 사주지 않으셨다. 우리도 병아리를 갖고 싶다는 생각을 하지 않게 되었다.

솜사탕은 언제 먹어도 맛있는 군것질거리였다. 이 역시 몸에 좋지 않다고 엄마는 사주지 않으셨다. 솜사탕을 파는 아저씨가 나오시면 하굣길은 엄청 붐볐다. 빨강, 노랑, 파랑으로 예쁜 색의 솜사탕은 입에서 살살 녹는 달콤함이 예술이었다. 친구가 솜사탕을 사 먹으면 손으로 조금씩 뜯어 먹었는데 먹고 나면 손이 끈적해져 있었다. 솜사탕과 비슷한 불량식품이 또 있었다. 문구점에서 파는 테이프라는 것이었다. 테이프는 말 그대로 테이프처럼 길쭉한 것이 동그랗게 말려 있었다. 매우 얇은데 이것을 입안에 넣으면 혀 위에서 녹아서 없어져 버렸다.

오늘은 학교 앞에 달고나를 파는 아주머니가 나오셨다. 주머니에 동전이 쨍그랑 소리를 냈다. 오늘 아침에 미술준비물을 사고 남은 3백 원이 생각이 났다. 거스름돈은 엄마를 드려야 하지만 내 눈앞에 있는 맛있는 달고나를 그냥 지나치기가 너무 어려웠다. 달콤한 냄새는 내 코를 자극하여 어느새 나는 달고나 앞에 서 있었다. 아이들이 아주머니 주변으로 빙 둘러앉아서 달고나에 찍힌 모양대로 요리조리 돌려가며 맞추고 있었다. 넓적한 달고나를 모양대로 잘 자르면 맛있는 달고나를 무료로 하나 더 얻을 수 있기 때문에 아이들은 필사적이었다. 아주머니는 버너를 켜고 국자 안에 설탕을 넣고 나무젓가락으로 휘휘 저었다. 설탕은 녹아 황토색을 띠었다. 아주머니는 거기에 하얀 가루를 콕 찍어 넣고 빙빙 돌렸다. 녹은 설탕은 달콤한 냄새를 풍겼고 점점 부풀어 올랐다. 은색으로 빛나는 철판 위에 국자를 '탁' 하고 내려치니 동그랗게 부풀어 오른 설탕이 떨어졌다. 아직 열기에 말랑말랑한 상태였다. 이것을 호떡 누를 때 사용하는 납작하고 손잡이가 있는 철판으로 꾹 누르고 기역, 별, 자동차 등의 모양 도구로 살짝 찍어 무늬를 만들었다. 손바닥보다 조금 더 큰 달고나를 손에 들고 조금씩 떼어내며 먹었다.

"아! 또 안됐다."

한 아이가 외쳤다. 깨진 달고나는 아무 의미가 없는지 옆에 팽개쳐 놓았다. 나는 침을 꿀꺽 삼켰다. 얼른 그 달고나 조각을 집어 입속에 넣었다. 그 아이는 나를 한 번 째려보더니 이내 다시 모양 자르기에 열중했다. 너무 달고 맛있다. 엄마가 해주시는 밥과 반찬들로는 절대로 낼 수 없는 달콤함이었다. 끝 맛은 살짝 쏩쓸한 맛이 났는데 이 또한 색다른 맛이었다. 더 먹고 싶었다. 그리고 주머니에는 3백 원이 짤랑거리고 있었다. 나는 주머니에 손을 넣어 동전을 만지작거렸다. 하나만 사 먹어도 2백 원이 남는데, 준비물 값에 관해 거짓말을 해야 할까. 아니면 먹고 싶은 것을 조금 참고 집에 가서 거스름돈을 엄마에게 드려야 하는 걸까. 한참을 서서 고민을 했다. 거짓말하는 것은 나쁜 것이고, 길거리에서 군 것질하는 것도 나쁜 것이라고 배웠는데……. 학교에서도, 집에서도 거짓 말을 하는 것은 나쁜 것이라고 했다. 그리고 이상하게도 거짓말을 할 때 면 심장이 두근거려서 목소리도 함께 떨렸다. 거짓말이 나쁘다는 것을 잘 알고 있고, 하기도 어려운 것이란 것도 잘 알았다. 하지만 지금 나에 게 달콤한 유혹은 너무나도 컸다. 돈도 있었고, 앞에 달고나를 파는 아 주머니도 계셨다. 내일이 되면 아주머니가 안 나오실 텐데……. 그리고 거스름돈도 엄마에게 다시 드려야 하는데, 어떡하지……. 고민이 계속되 었다. 천사와 악마는 계속해서 내 마음을 흔들어 놓았다. 그 순간 누군 가 내 등을 힘껏 때렸다.

"아!"

외마디 비명을 지르고 주위를 둘러보니 오빠가 나를 보며 혀를 내밀 고 있다. 언제부터 날 보고 있었던 걸까. 조금은 창피한 생각도 들었다. 달고나를 먹고 싶어 고민하던 사실도 잊고 날 때린 오빠에게 화가 났다. 내 이름을 부르면 되는데 왜 매일 저렇게 때리는 걸까. 나는 오빠를 잡으 러 달려갔다. 오빠는 약을 올리며 계속 달려갔고 우린 어느새 집에 도착 했다.

집에는 아무도 없었다. 복도 쪽으로 있는 작은 방 창문으로 손을 집 어넣어 열쇠를 꺼냈다. 엄마가 갑자기 급한 일이 생겨 나갈 일이 생기면 열쇠를 숨겨 놓는 장소였다.

"엄마 어디 가셨지?"

오빠는 문을 따고 집으로 휙 들어갔다. 그리고는 대문을 쾅 닫았다. 나는 뒤따라 들어가다 깜짝 놀라 문고리를 돌렸다. 문이 열리지 않았다.

"오빠! 문 열어줘!" 안쪽에서 문을 잡고 못 열게 하고, 나는 문밖에서 문을 잡아당기고 있었다. 한참을 실랑이하다 오빠는 문고리를 확 놓아 버렸다.

쾌당. 하고 엉덩방아를 쪘다.

"킥킥킥" 집 안에서는 오빠의 웃음소리가 들렸다. 그냥 넘어가는 법이 없었다. 말없이 집으로 들어가 집안을 둘러 보았다. 식탁에는 찐 고구마 몇 개가 있었고, 엄마의 쪽지가 있었다.

'볼일이 있어서 잠시 나가니 고구마 먹고 사이좋게 놀고 있어.'

사이좋게……. 엄마는 맨날 사이좋게 놀라고 하셨다. 오빠가 가만히 있는 나를 괴롭히는데 어떻게 사이좋게 놀 수가 있을까. 식탁에 앉아서 고구마를 보니 4개가 있었다. 오빠와 2개씩 나누어 먹으면 되겠다고 생각했다. 오빠는 고구마를 먹기 시작했다. 냉장고에서 김치를 꺼내 놓고, 우유도 마셨다. 내가 한 개를 먹는 사이 나머지 3개를 다 먹어 치웠다. 나는 눈물이 났다. 고구마도 더 먹고 싶었고 나보다 빨리 먹어 내 것까지 먹어버린 오빠가 싫었다. 오빠는 아무 일도 없었다는 듯이 소파에 앉았다. 또 내가 우는 것을 알면 울보라고 놀려 댈까 봐 조용히 방으로 들어와서 누웠다. 오빠는 원래 나보다 빨리 먹는데 고구마를 왜 4개밖에 안 쪄 준 건지 엄마도 미웠다. 우리 남매는 먹는 것으로 참 많이 싸웠다. 많이 먹지는 못해도 식탐이 많아 내 것에 대한 집착이 강한 나와 한창 클 나이의 오빠는 돌아서면 배고팠기에, 몇 개가 있든지 마지막 남은 음식은 꼭 쟁탈의 대상이었다. 오빠이기에 더 많이 먹는 것이 당연했지만 같이 먹으면 천천히 먹는 내가 늘 손해였다. 라면을 끓여 먹어도 오빠가 젓가락을 휘휘 저으면 내 몫은 적어졌다. 아빠도 굉장히 빨리 음식을 드시기 때문에 가족끼리 같이 먹을 때는 더 심했다. 아빠가 드시는 것에 토를 달 수 없기에 몫이 더 적어진 우리는 먹는 것으로 싸울 수밖에 없었다. 책상에 앉아 책을 펴 읽기 시작했다. 머리에 잘 들어오지 않았다. 피아노 앞에 앉아 피아노를 치기 시작했다. 자꾸만 틀렸다. 머릿속이 온통 오빠에 대한 미움으로 가득 차 집중을 할 수가 없었다.

그때였다. 달콤한 냄새가 방으로 들어왔다. 나는 방문을 열고 부엌으로 가보았다. 오빠는 뽑기를 만들고 있었다.

"우와"

"며칠 전에 자연 시간 준비물로 탄산수소나트륨을 샀어. 이게 달고나에 들어가는 거야. 약간 씁쓸한 맛이 나잖아."

오빠가 만든 첫 달고나는 너무 썼고 색깔도 고운 황토빛이 아니었다.

"앗. 퉤. 이거 너무 써"

나는 입안에 든 달고나를 싱크대에 뱉어 버렸다.

"소다를 많이 넣었나 보다. 기다려봐 두 번째 것은 괜찮을 거야."

하굣길에 본 아주머니처럼 납작한 철판도 없고 찍기 모양을 한 도구도 없었지만 오빠는 국자로 열심히 만들어 그릇에 '탁' 하고 떨어뜨렸다.

두 번째 달고나가 완성이 되고 나는 맛을 보았다.

"오빠. 이거는 맛있어! 아까 학교 앞에서 먹은 맛하고 비슷해."

오빠가 우쭐대며 세 번째 달고나를 만들려고 할 때 문을 따는 소리가 들렸다. 엄마가 오신 것이다. 우리는 서로 쳐다보며 어찌할 바를 몰랐다.

"이게 무슨 냄새야?"

엄마는 깜짝 놀라서 창문을 여셨고, 우리는 얼른 가스 불을 끄고 조용히 엄마의 다음 말씀을 기다렸다. 오빠는 한 손에 까맣게 탄 국자를 들고 있었고, 나는 먹다 만 달고나 조각을 쥐고 있었다. 주변을 보니 우리가 주방을 어지럽혀 놓기까지 했다. 가스레인지 위에는 설탕이 뿌려져 있었고, 바닥에도 설탕이 흘러 있었다.

"어머, 국자가 다 타버렸네. 국자는 못 쓰겠구나. 엄마도 어릴 때 이런 것 집에서 해먹고 그랬는데…. 그런데 이런 거 먹으면 몸에 좋지 않단다."

엄마는 새까맣게 탄 국자에 포일을 씌워서 주시고 옷을 갈아입으러 방으로 들어가셨다. 오빠와 나는 얼른 가스 불을 켜고 다시 달고나 제작에 돌입했다. 설탕 봉지를 보니 양이 많이 줄어 있었다. 설탕을 부어 녹였다. 국자에 씌워진 포일은 금세 까맣게 타버렸다. 여러 개를 한번에 먹고 나니 입이 써지고 맛이 없게 느껴졌다.

"오빠. 인제 그만 먹자."

"알겠어. 이번 게 마지막이야."

"근데 오빠. 엄마 화 안 나셨지?"

"응. 이상하네."

마지막 달고나를 먹고 숙제를 하러 방으로 들어 왔다. 이상하게 기분이 좋았다. 오늘은 엄마도, 오빠도 내 편인 것 같았다. 오빠가 매일 나를 괴롭히는 것도, 엄마가 매일 혼내시는 것도 아니었다. 하지만 내 느낌에는 오빠는 날 보기만 하면 때리고 괴롭히는 사람이었다.

오늘은 오빠가 내 생각을 읽은 것인지 내가 원하는 것을 만들어 주었다. 그리고 혼자 먹지도 않고 나와 함께 똑같이 나누어 먹었다. 아니 오빠가 더 적게 먹은 것 같았다. 저녁을 먹으려고 부엌에 갔을 때 국자가 없어 힘겹게 국을 푸시는 엄마가 보였다. 그리고 한편에 새까맣게 타버린 국자가 걸려 있었다.

◇ 가족
　모두 함께 있어
　　　다행이다 ◇

　　　　같은 반 친구 주리의 생일이었다. 주리는 우리
반에서 공부도 잘하고, 얼굴도 예뻐서 인기가 많았다. 언니가 있는 주리
는 매일 예쁜 옷을 입었고, 머리 모양도 늘 화려했다. 주리는 체육도 잘
해서 체육 시간에 피구나 발야구를 할 때면 늘 주장을 맡았다. 학예회에
서 보여 준 바이올린 솜씨도 주리를 돋보이게 해주었다. 나는 주리와 친
했지만 부러움에 질투가 나기도 했다. 주리는 예쁜 카드에 초대장을 적
어서 주었다. 내 생일엔 도화지를 잘라서 앞면에 색연필로 그림을 그려
서 줬는데, 주리는 문구점에서 파는 꽃이 그려진 카드를 사서 주었다. 내
용도 언니나 다른 사람이 써준 듯 예쁜 글씨체였다. 초대받은 우리 반 친
구들은 10명이었다. 생일은 이번 주 토요일이었다. 집에 돌아와 엄마에게
초대장을 보여 드렸다.

"엄마. 주리 생일인데 생일선물 사야 해요."

엄마는 웃으면서 꼭 필요한 것을 사주라고 하시고는 지갑을 열어 2천 원을 꺼내 주셨다. 나는 문구점으로 달려갔다. 볼펜을 살까, 크레파스를 살까. 문구점에는 너무 많은 물건이 있었다. 다 갖고 싶었다. 나는 커서 문구점 주인하고 결혼해야지 하고 생각했다. 세미의 옷도 지금보다 훨씬 많이 입힐 수 있었다. 볼펜도 색색으로 다 사서 필통에 넣을 수 있었다. 미술 재료는 떨어질 때마다 와서 가져가면 됐다. 이 모든 것이 다 내 것이 된다고 생각하니 웃음이 났다. 고개를 저으며 다시 주리의 선물을 골랐다. 무엇이 좋을까. 얼마 전에 더러워진 주리의 필통이 생각났다. 짓궂은 남자아이 하나가 주리의 필통을 뺏어가서 던지고 놀다가 분필 가루를 잔뜩 묻혀놨다. 주리는 울지 않고 조용히 가루를 털어내 가방에 넣었다. 남자아이에게도 뭐라고 하지 않았다. 분필 가루가 묻은 필통을 계속 들고 다녔다. 주리에게 필통을 사줘야겠다고 마음을 먹었다. 곰이 그려진 빨간색 천 필통도 있었고, 하트 무늬가 그려진 종이 필통도 있었다. 캐릭터가 그려진 납작한 양철 필통도 있었고, 위에서 여는 원통 모양의 필통도 있었다. 미미가 그려진 분홍색 2단 플라스틱 필통도 있었다. 필통을 열면 2단으로 되어 위에 연필을 넣고 아래층에도 지우개와 연필을 넣을 수 있었다.

'내가 갖고 싶으니까 주리도 갖고 싶어 할 거야.'

나는 필통을 들고 문구점 아저씨에게 갔다.

"아저씨 선물할 거니까 포장해주세요."

"친구 생일선물이니?"

"네."

아저씨는 금색으로 된 포장지를 꺼내 예쁘게 포장해주셨다. 그리고 꽃이 달린 철사로 윗부분을 묶어 장식을 해주었다. 계산하고 집으로 돌아와 카드를 만들었다. 포장지 위에 테이프로 카드를 붙여 이름을 썼다. 주리가 좋아하는 모습을 상상하니 기분이 좋아졌다. 가방에 선물을 미리 넣어 두었다.

토요일이 되었다. 학교가 끝나고 주리의 집으로 다 같이 갔다. 주리네 집은 우리 아파트 옆 동이었다. 같은 아파트였지만 우리 집보다 훨씬 넓어 보였다. 가구들도 비싸고 좋아 보였다. 찬장에는 컵과 장식품이 예쁘게 반짝거리고 있었고 벽에는 외국에서 사 온 듯한 장식품이 많이 걸려 있었다. 주리의 아버지는 해외 출장을 많이 다니시는데 컵을 모으는 것이 취미라고 했다. 거실 한편에는 작은 연못도 있었다. 물레방아가 돌아가고 아래쪽에는 금붕어들이 신나게 놀고 있었다. 그 옆에는 첼로도 있었는데, 주리네 엄마는 첼리스트라고 했다. 평소에 가족 얘기를 하지 않던 주리였기 때문에 나는 깜짝 놀랐다. 보통 친구들 집에는 늘 엄마가 계시는데, 그러고 보니 오늘도 주리는 문을 열고 집에 들어 왔다. 집안에는 아무도 없었다. 거실 가운데에 상이 펼쳐져 있고 김밥, 샌드위치, 피자, 치킨, 케이크, 과일, 과자 등이 있었다.

우리는 빙 둘러앉아 생일 축하 노래를 했다. 엇박자로 박수를 치며 큰소리로 노래하고 우리는 음식들을 먹기 시작했다. 어느 정도 배가 차고 주리에게 선물을 주었다. 주리는 선물을 받고 고맙다고 짧게 인사한 후 옆에 모아 두었다. 우리는 집 여기저기를 더 둘러 보았다. 주리의 방은 너무도 예쁘게 꾸며져 있었다. 분홍색 체크 커튼에, 신데렐라가 그려진 이불에 불이 켜지는 침대가 있었다. 침대 위에는 커다란 곰 인형이 있었다. 보들보들하고 푹신한 것이 한 품에 쏙 들어왔다. 침대 옆에는 큰 인형의 집이 있었고 안에는 세미만큼 예쁜 인형들이 여러 개 있었다. 비싸서 사달라고 엄두도 못 냈던 집인데, 갑자기 세미의 집이 초라하게 느껴졌다. 하얗고 큰 옷장에는 평소에 주리가 입던 화려한 옷으로 가득 차 있었다. 책장에는 어려워 보이는 수학책부터 소설책까지 다양하게 꽂혀 있었다. 학예회에서 멋지게 컸던 바이올린도 있었다. 처음 보는 물건도 있었다.

"이건 뭐야?"

"연필 깎기야. 연필을 넣으면 자동으로 깎여."

순식간에 아이들은 신기한 물건에 관심을 보였다. 그때 누군가 집에 들어오는 소리가 들렸다. 주리는 그 사람을 아줌마라고 불렀다. 아줌마는 우리가 먹은 것을 정리했다. 나는 사탕과 초콜릿 몇 개를 주머니에 쏙 넣었다. 한 명 두 명씩 집으로 돌아가고 주리와 나만 남았다. 아줌마도 주리에게 인사를 하고 밖으로 나갔다. 주리는 밖에 나가자고 했다. 아무도 없는 큰 집에 둘이 있으니 무서운 생각도 조금 들었다. 집 앞 놀이터로 가서 그네를 탔다. 주리는 앉아 있고 내가 서서 그네를 밀어주었다. 저녁 시간이 되자 놀이터에 있던 아이들도 하나씩 집으로 돌아갔다. 주리는 어쩐지 처음부터 지금까지 하나도 기뻐 보이지 않았다. 생일은 누구에게나 기쁜 일이고 기다려지는 날이었다. 1년에 한 번밖에 없기 때문에 더 특별한 날이었다. 하지만 주리에게는 남들과 같이 기다려지는 날이 아닌 모양이었다.

"나는 네가 부러워."

주리가 말했다. 그리고 울었다. 나는 아무 말도 할 수가 없었다. 늘 내게 부러움의 대상이던 주리가 내가 부럽다니. 하지만 알 수 있었다. 매일 큰 집에 혼자 문을 열고 들어가서 아무도 없는 집에서 외롭게 있었을 주리를 생각하니 마음이 아팠다. 주리는 학원도 6개나 다니고 있었는데, 평일엔 학원을 다 마치고 집에 돌아오면 어두워진다고 했다. 한참을 울던 주리는 누가 누가 높이 올라가나 시합하자고 한 뒤 일어서서 힘차게 그네를 탔다. 나도 그네 타는 것은 자신이 있었다.

날이 점점 어두워졌다. 시계를 보더니 집으로 가야 한다며, 주리가 일어섰다. 엄마가 어두워지기 전에 들어오라고 하셨는데, 혼날 걱정을 하며 나도 집으로 돌아왔다. 하지만 내가 먼저 집으로 가겠다는 말을 주리에게 할 수 없었다. 초인종을 누르니 엄마가 나오셨다. 엄마는 환하게 웃으면서 오늘 재미있었냐고 물어보셨다. 다행히 엄마는 화가 나지 않으셨다. 지난달 내 생일에 엄마는 시장에서 이것저것 장을 봐서 직접 음식을 다 해주셨다. 식료품 가게는 집에서 10분 정도 걷는 거리였다. 엄마는 몇 번씩 장을 봐서 들고 오셨다. 엄마가 만들어 주신 피자는 시켜먹는 피자보다 열 배는 더 맛있어서 아이들이 좋아했다. 떡볶이도 맵지 않게 쌀 떡으로 맛있게 만들어 주셨다. 김밥도 싸주셨고 닭도 직접 튀겨 주셨다. 엄마는 내 친구 이름을 한 명, 한 명 물어보시며 내 이야기를 하셨다. 내 생일은 어느 때보다 행복한 날이었다. 그 날은 오빠도 날 괴롭히지 않았다. 엄마가 해주신 맛있는 음식을 먹느라 정신이 없었기 때문이었다. 나는 엄마를 꼭 껴안았다. 엄마는 손 씻고 와서 저녁을 먹으라고 하셨다. 거실에 앉아 텔레비전을 보고 있는 오빠를 보았다. 토요일이라 일찍 근무를 끝내고 돌아오신 아빠도 계셨다. 온 가족이 집에 있으니 가득 찬 느낌이었다. 나는 주리네 집에서 챙겨 온 초콜릿과 사탕을 주머니에서 꺼내 오빠에게 주었다.

"야! 난 이거보다 자두 맛이 더 좋은데."

"그럼, 먹지 마."

"죽을래?"

하며 손을 번쩍 들어 올렸다. 나는 무의식적으로 손을 들어 막았다. 아빠는 "어험" 하고 소리를 내셨다. 우리는 아무 일도 없었다는 듯이 각자 하던 일을 했다. 내가 오빠를 째려보았더니 오빠는 혀를 날름거렸다. 집에 오기 전까지 오빠가 있는 내가 주리보다 낫다고 생각한 것을 후회했다. 나도 먹고 싶은 걸 참고 챙겨 온 건데 저런 식으로 말하다니! 다음부터는 안 줄 테다! 그래도 오늘은 어쩐지 기분이 좋았고, 세상에서 가장 행복한 사람인 것 같았다. 아빠도, 엄마도 좋았고, 오빠는 조금 좋았고, 저녁도 다른 날보다 꿀맛이었다.

달팽이
와
잠자리

여름 방학이 오고 장마철도 함께 왔다. 더운 여름에 내리는 비는 오아시스 같았다. 태양이 강렬한데 습하기까지 하니 입맛도 없고 아무것도 하기 싫었다. 가만히 있어도 땀이 비 오듯이 흘러내렸다. 집에는 선풍기가 한 대 있었는데, 오빠가 집에 있으면 혼자 선풍기를 쐬곤 했다. 비가 오면 후덥지근하긴 하지만 태양이 없어서 그나마 살 것 같았다. 선풍기가 없어도 땀이 흐르지 않았다. 하지만 비가 오는 날에는 선풍기를 혼자 쐬는 오빠도 없었다. 친구들과 개구리를 잡으러 가기 때문이었다. 비가 오면 평상시에 보이지 않던 개구리가 풀잎에 앉아서 노래를 불렀다. 동화책에서는 엄마 말을 반대로만 하는 청개구리가 엄마의 무덤이 떠내려갈까 하여 운다고 했지만, 초등학생인 나는 믿지 않았다. 자연 시간에 청개구리가 짝을 찾기 위해 운다고 배웠다.

창밖을 보니 오늘도 비가 내리고 있었다. 천둥과 번개까지 치고 날은 어둑해졌다. 오빠는 어김없이 나갈 준비를 했다. 집에 혼자 있는 것은 너무도 심심했다. 매일 괴롭히기만 하는 오빠가 없으니 좋을 것 같지만 그렇지도 않았다. 낮에는 텔레비전에서 아무것도 하지 않았다. 오후 5시쯤에 애국가가 나오고 뉴스를 한 다음에야 만화영화가 방영됐다. 만화영화도 오빠와 나의 취향은 달랐다. 나는 세일러문이나 웨딩피치와 같은 예쁜 여자들이 나오는 만화가 좋은데 오빠는 축구왕 슛돌이나, 피구왕 통키와 같은 남자가 주인공으로 나오는 만화를 좋아했다. 그리고 꼭 만화영화가 끝나면 나 때문에 끝난 거라며 날 때리곤 했다. 결국 보고 싶은 만화영화도 못 보고 맞기만 하니, 만화영화가 한다고 해도 즐겁지 않았다. 하지만 오늘은 오빠가 없기 때문에 내가 보고 싶은 만화영화를 실컷 볼 수 있었다. 만화영화 할 시간이 기다려지니 시간이 더 안 가는 것 같았다. 방에 누워 뒹굴뒹굴해도 시간이 잘 가지 않았다. 오빠는 부엌에 들어가 빈 깡통을 챙기고, 현관으로 나가 슬리퍼를 신고, 우산을 챙겼다. 그리고 뒤돌아보며 나에게 외쳤다.

"너도 갈래?"

"응!"

나는 누워있다가 벌떡 일어났다. 너무도 신이 나서 신을 신고 오빠를 따라나섰다. 오빠는 집에서 꽤 멀리 떨어진 중학교로 갔다. 나는 종종걸음으로 오빠를 따라갔다. 학교 안으로 들어가서 나무 아래, 풀잎 위를 조심히 살폈다. 나는 계속해서 오빠를 졸졸 따라다녔다. 오빠는 동생이 따라 왔다는 사실을 잊었는지 중학교에서 나와 근처 공원으로 발걸음을 옮겼다. 그곳에서도 쭈그리고 앉아 풀숲을 살폈다. 한 시간이 지났을까, 지루해진 나는 오빠한테 집에 가자고 졸랐다. 오빠는 짜증을 내며 집에 가라고 했다. 하지만 집에 가는 방법을 몰랐다. 너무 멀리 와버린 오빠 때문에 나는 집에 갈 수도 없었고, 오빠가 하는 일에는 관심도 없었다. 집에 가자고 엉엉 울기 시작했다.

오빠는 나를 집 앞 슈퍼까지 데려다주고 아무 말 없이 다시 반대편으로 걸어갔다. 나는 집에 왔고, 오빠를 더욱 이해할 수가 없었다. 대체 뭐가 재미있다고 바닥을 살피고 다니는지 알 수가 없었다. 그리고 텔레비전을 보다 잠이 들었다. 엄마는 저녁을 먹으라고 나를 깨우셨다. 오빠는 아직도 집으로 들어오지 않았다. 엄마는 오빠 걱정을 하시며 밖으로 나가셨다. 비몽사몽에 밖을 보니 여전히 비가 내리고 있었고 날은 아까보다 더 어두워졌다. 나도 조금씩 오빠가 걱정되기 시작했다. 엄마는 다시 집으로 들어오시더니 여기저기 전화를 해보셨다. 오빠 친구들의 집으로 전화를 거신 모양이다. 별다른 소득이 없이 한숨만 쉬셨다.

텔레비전에서 개구리 소년들의 실종사건에 대해 나왔다. 개구리를 잡으러 간 소년들이 집에 돌아오지 않는다는 내용이었다. 시간이 갈수록 오빠가 더 걱정됐다. 집으로 빨리 들어오길 바랐다. 나를 괴롭히는 오빠라도, 나를 싫어하는 오빠라도 지금은 돌아왔으면 했다. 오빠가 집에 들어오면 오빠한테 더 잘할 거라고 다짐했다. 오빠가 물 갖다 달라고 하면 갖다 주고, 과자를 더 많이 먹어도 울지 않고, 내 물건을 가지고 가도 다

용서할 수 있을 것 같았다. 가족사진에 웃고 있는 오빠를 보았다. 내가 아까 집에 간다고 하지 않았으면, 오빠랑 같이 집에 들어올 수 있었을 텐데……. 참지 못하고 집에 와버린 내가 후회스러웠다.

그때 엄마가 큰소리로 말씀하시는 것이 들렸다. 오빠는 우산도 잃어버리고 비를 쫄딱 맞고 집으로 돌아왔다. 한 손에는 나갈 때 갖고 갔던 빈 깡통이 있었고 무언가 가득 담겨 있었다. 오빠는 엄마의 말씀도 들리지 않는지 기분이 무척 좋아 보였다. 곧장 화장실로 들어갔다. 나는 얼른 따라 들어갔다. 깡통 안에는 풀잎이 잔뜩 들어 있고 안쪽에는 달팽이 두 마리가 있었다. 달팽이는 인기척을 느꼈는지 등껍질 안으로 쑥 들어가 얼굴을 내밀지 않았다.

"오빠, 얘 자는 거 아니야?"

"아니야. 가만히 있어 봐."

달팽이는 조용해지니 얼굴을 쑥 내밀었다. 손가락으로 더듬이를 만지니 더듬이가 없어졌다가 다시 생겼다. 손바닥에 가만히 놓으니 미끌미끌했다. 동화책에서 본 느림의 상징인 달팽이가 내 손 안에 있었다. 달팽이는 손바닥에서 열심히 기어 다니며 탈출을 노렸다. 개구리 대신 달팽이를 잡은 오빠는 만족한 듯 깡통을 들고 방으로 들어갔다. 엄마는 오빠를 앉혀 놓고 못다 한 말씀을 하셨다. 밤늦게까지 돌아다니면 위험하고, 어디를 가는지는 엄마한테 말을 하고 나가야 한다는 내용이었다. 이야기를 듣는 내내 오빠는 생각이 딴 곳에 가 있는 것을 느낄 수 있었다.

자꾸만 탈출을 시도하는 달팽이들을 엄마는 큰 화분에 옮겨 주셨다.

장마가 끝나고 날씨가 화창해지자 오빠는 달팽이에 대한 관심이 금세 사라지고 이번에는 사마귀를 잡겠다고 돌아다녔다. 화분을 살펴보는 횟수가 줄자 달팽이들도 그걸 아는지 사라지고 말았다. 오빠는 이번에는 방학숙제 핑계를 대고 잠자리를 잡아 왔고, 불쌍한 잠자리는 채집통에서 생을 마감했다. 그 외에도 방아깨비, 메뚜기, 여치, 사슴벌레, 매미 등 많은 곤충을 잡아서 집에 들고 왔고, 대부분 죽거나 도망가 버렸다.

여름은 오빠에게 기다려지는 계절이었고, 곤충들은 오빠를 피해 다녀야만 했다. 달팽이가 있었던 화분에는 몇 개월 뒤 아주 작은 달팽이들이 많이 생겼고, 우리의 눈을 피해 새끼들을 낳은 듯했다. 다행히 화분 밖으로 나오지는 않았지만 엄마는 얼마 뒤에 화분을 버리고 오셨다. 그렇게 우리의 애완곤충들도 사라졌고, 날씨가 선선해 지면서 오빠의 관심도 줄어들었다.

여름
방학과 시골
여행

　　　　　여름 방학은 길었고, 학원을 많이 다니지 않는
오빠와 나는 심심했다. 그래서 둘이 할머니 댁이 있는 시골에 가기로 했
다. 엄마 없이 처음으로 버스를 타는 거라 무섭기도 했지만 오빠는 고학
년이니까 걱정하지 말라고 했다. 엄마도 걱정되시는지 오빠 옆에 꼭 붙어
있으라고 신신당부하셨다.

　버스터미널에서 안에 젤리가 든 우산 모양 과자를 사 주셨다. 차 안
에서 젤리를 먹으며 멀어지는 엄마를 바라보았다. 어쩐지 눈물이 날 것
같았지만 꼭 참았다. 오빠가 울보라고 놀릴 게 뻔하기 때문이었다. 차를
타니 잠이 왔다. 스르륵 잠이 들었고, 몇 시간이 지나자 차가 멈춰 섰다.
눈을 떠 보니 오빠는 잠을 안 자고 있었다. 도착했는지 주변에는 버스가
많았고, 오빠는 내 손을 잡고 가방을 들고 버스에서 내렸다. 대합실에 들

어가니 할머니가 계셨다. 할머니는 우리를 매우 반가워하셨다. 그리고 시골로 들어가는 버스를 탔다. 버스는 서울에서 타던 버스와 달리 작고 낡아 보였다. 조금 지나자 비포장 시골 도로로 들어갔다. 창문은 심하게 덜컹했고, 머리를 부딪혀 아팠다. 버스 앞 손잡이를 더욱 세게 쥐었다. 그래도 엉덩이가 들썩들썩해서 놀이기구를 타는 것 같았다. 창문 밖에서 구수한 비료 냄새가 들어 왔다. 아빠가 고향의 냄새라고 말씀하시던 그 냄새였다. 한 손으로 코를 막고 다른 손으로 손잡이를 잡았다. 창문을 닫으면 시원한 바람이 들어오지 않을 것 같아 그냥 두었다.

푸른 논에는 머리에 수건을 두른 할머니들이 보였다. 잠자리도 날아다녔다. 버스가 정류장에 도착했다. 할머니는 우리의 손을 잡고 버스에서 내리셨다. 버스 기사 아저씨는 할머니께 인사를 했다. 집으로 걸어가며 많은 사람을 만났는데, 할머니는 웃으며 서울에서 온 손주들이라고 말씀하셨다. 동네 사람들은 할머니를 부러워하는 것 같았다. 동네에 돌아다니는 개들이 멍멍 짖으며 우리를 따라 왔다. 처음 보는 사람이라 낯선 모양이다. 나는 무서워 얼른 오빠 손을 꼭 잡았다.

"뛰지 마. 뛰면 더 따라와."

오빠가 의젓하게 말했다. 나는 무서웠지만 천천히 발걸음을 옮겼다. 할머니 댁은 주말이나 명절 때만 왔기 때문에 아무도 없는 집이 이상했다. 할머니도 밥을 챙겨 주신 뒤 농사일을 하러 나가셨다. 오빠와 나는 집 뒤에 있는 동산으로 갔다. 풀숲이 넓게 펼쳐져 있고 중간중간에 무덤들이 있었다. 오빠는 무덤을 밟으면 재수 없는 거라고 밟지 말라고 했다. 풀숲을 걸으니 방아깨비들이 뛰어올랐다. 서울에서는 볼 수 없는 손바닥만 한 방아깨비도 있었다. 방아깨비 다리를 잡으면 몸통을 위아래로 흔들었다. 그 모습이 방아를 찧는 모습과 비슷하다 하여 방아깨비라고 했다. 방아깨비는 물지 않는다고 하니 어쩐지 나도 잡을 수 있을 것 같아 튀어 오르는 방아깨비를 잡으러 뛰어다녔다. 물 만난 고기처럼 오빠는 신이 나서 이리저리 움직였다. 어디선가 빈 유리병을 주워 와 사마귀를 잡아넣었다. 안에는 풀잎도 같이 넣어 주었다. 숨 쉴 구멍을 만들어 주어야 한다며 유리병 뚜껑을 살짝 열어 두었다. 유리병을 나에게 주고 다른 곤충을 잡으러 갔다. 나는 오빠를 보며 한눈을 팔다 유리병을 떨어뜨렸다. 사마귀는 날개를 펴고 멀리 날아갔다. 사마귀에 물리면 매우 아프다고 하니 쫓아갈 수도 없었다.

오빠는 풀숲에서 무엇인가 손에 들고 걸어 나왔다. 개미와 배짱이 동화책에 나오는 베짱이였다. 여치라고도 했다. 유리병에 아무것도 없는 것을 본 오빠는 화를 냈다.

"바보야. 그거 잡고 있는 게 어렵냐."

머리를 콩 쥐어박고 베짱이를 유리병에 넣었다.

"얘까지 도망가게 하면 죽는다."

나는 *끄덕끄덕* 답했다. 오빠랑 나는 길가에 난 강아지풀들을 따라 걸어갔다. 오빠는 강아지풀 하나를 따서 내 목을 간지럽혔다.

"킥킥킥"

나도 얼른 하나를 따서 오빠를 쫓아갔다. 내리막이 있는 동산에는 동네 아이들이 모여 있었다. 우리가 가까이 가보니 아이들은 비료 포대를 하나씩 들고 있었다. 그리고 높은 곳으로 올라가 비료 포대를 타고 내려왔다. 겨울에 부모님과 함께 갔던 눈썰매장 같았다. 한 아이가 말을 걸었다.

"몇 학년이냐?"

"4학년이다."

"나도 4학년인데. 어디서 왔어?"

"서울에서. 할머니 댁에 놀러 왔어. 저거 한번 타봐도 돼?"

오빠는 금세 그 아이와 친해졌는지 비료 포대를 들고 올라갔다. 순식간에 오빠는 내려왔고 재미있는 듯 밝게 웃고 있었다. 오빠는 내 동생도 하게 해달라고 했다. 나는 신이 나 비료 포대를 갖고 올라갔다. 올라가는 것이 힘이 들어 숨이 찼다. 이마에 땀이 송골송골 맺혔다.

내 앞에 있던 아이가 내려가고 오빠가 아래서 내려오라는 신호를 했다. 비료 포대를 놓고 앉아서 발로 밀었다. 그리고 재빨리 발을 위로 들었다. 바람이 땀을 씻어 주었다. 미끄럼틀보다 더 재미있었다. 올라갈 때는 조금 힘들었지만 내려오는 것이 너무 신이 나서 자꾸만 타고 싶었다. 한참을 동네 아이들과 웃고 떠들다 보니 해가 뉘엿뉘엿 넘어가고 있었다.

나는 집으로 가는 길을 몰랐지만 오빠는 분명히 온 길을 기억하고 있었다. 한참을 걸어 집으로 돌아왔다. 농사일을 마치고 돌아오신 할아버지도 계셨다. 태양에 까맣게 그은 피부에 주름살이 깊게 패 있었다. 할아버지는 말씀이 별로 없으셨다. 조용히 식사하시고 방으로 들어가 텔레비전을 보고 피곤하신지 금세 잠이 드셨다. 할머니는 옥수수를 쪄 주셨다. 옥수수를 먹고 잠자리에 들었다. 엄마랑 떨어져서 자는 것은 두 번째였다. 몇 달 전 캠프에 갔었는데, 그때는 새로 사귄 친구들과 이야기하며 잠이 들어서 아무렇지 않았었다. 그런데 왠지 오늘은 엄마가 보고 싶었다. 오빠는 벌써 잠이 들었나 보다. 내일 당장 엄마를 보러 가고 싶었지만 아기 같아 보이기 싫었다. 오빠도 놀릴 게 뻔했다. 이런저런 생각을 하다 보니 어느새 잠이 들었다.

다음 날 새벽부터 시끄러웠다. 아직 동이 트지도 않은 것 같은데, 할머니와 할아버지는 일어나서 분주하셨다. 밖을 나가 보니 할아버지께서는 소에게 여물을 주고 계셨다. 소는 "음매" 하며 큰 눈을 껌벅이며 나를 반겨 주었다. 한쪽 귀에는 번호표를 달고 있었고 코에는 코뚜레를 하고 있었다. 꼬리는 파리를 쫓는지 계속 엉덩이를 쳤다. 얼른 지푸라기 더미에서 한 줌 꺼내 소에게 주었다. 소는 긴 혀를 내밀어 지푸라기를 감고 한입에 넣어 씹기 시작했다. 소의 입 밖에 보이던 지푸라기는 점점 짧아져 사라졌다. 더 달라고 하는 듯 크게 울었다. 할아버지를 바라보았다. 할아버지는 수돗가에서 호스를 길게 빼 소에게 물을 주셨다.

"저 옆에 풀도 줘"

"지푸라기 말고 이런 녹색 풀도 먹어요?"

"응."

나는 달려가 풀더미를 가지고 와 소에게 주었다. 소들은 서로 먹겠다고 뿔을 흔들었다. 가만히 보니 뿔이 큰놈은 수놈이고, 뿔이 작은놈이 암놈인 것 같았다. 덩치도 수놈이 더 컸다. 왠지 암놈이 불쌍해졌다.

나도 여자인데⋯⋯. 오빠는 남자다. 그래서 나보다 크고 힘이 세고 밥도 많이 먹나 보다. 암소는 수소 때문에 많이 먹지도 못하고 괴롭힘을 당하는 것 같았다. 풀 더미를 또 한 아름 안고 와 암소에게 주고 수소가 먹지 못하게 풀로 휘둘렀다. 그 사이 암소는 풀을 다 먹었다. 나는 오빠에게 복수한 것 같아 뿌듯해져서 집 안으로 들어갔다.

할머니는 장터에 가신다고 하셨다. 나도 씻고 할머니를 따라갈 준비를 했다. 오빠는 어제 만난 동네 아이들을 만나러 간다고 했다. 할머니와 나는 어제 내렸던 버스정거장으로 갔다. 버스가 오고 기사 아저씨는 할머니께 인사를 했다. 이런 모습 또한 나에게 생소했다. 버스 기사 아저씨가 승객을 알고 있다는 것이 신기했다. 버스가 출발하고 다시 덜컹덜컹 놀이기구가 시작됐다. 다음 정거장에서 할아버지 한 분이 타셨다. 기사 아저씨는 할아버지와 이야기를 나누며 가셨다. 버스의 덜컹거리는 소리 때문에 무슨 이야기를 하는지 구체적으로 들리지는 않았으나, 요즘 어떻게 지내시는지에 대해 이야기하는 것 같았다. 버스는 한참을 달려 시내에 도착했다. 할머니와 나는 버스에서 내려 장터로 들어갔다. 할머니는 시골에서 구할 수 없는 물품을 주로 사셨다. 고기, 채소, 과일, 고추장, 된장 등은 손쉽게 구하실 수 있으니, 생선, 소시지, 라면, 식용유와 샴푸, 빨랫비누 같은 공산품을 사셨다. 장터에는 평일인데도 사람이 많았다.

큰 소리로 물건을 사라고 재촉하는 상인들, 가게 안에서 나오는 트로트 음악 소리, 엄마 등에서 울고 있는 아기, 큰 소리로 이야기를 나누는 사람들로 시끌벅적했다. 할머니를 잃어버릴까 봐 바지춤을 꼭 잡았다. 시장에서는 여러 가지 냄새도 났다. 생선 비린내도 났고, 건어물 냄새, 국밥 냄새, 닭장에서 나는 냄새 등 계속해서 새로운 냄새가 코를 자극했다. 할머니가 생선을 고르는 동안, 옆에 있는 과일가게 아주머니가 참외를 잘라서 먹어보라고 주셨다. 참외는 너무 달고 맛있었다. 아주머니는 인자한 미소를 지으셨다. 시장 거의 끝까지 걸어가니 어느덧 장바구니가 무거워졌다. 나도 봉투 두어 개를 들어 드렸지만, 역부족이었다.

"차가 있으면 참 편하고 좋은데."

할머니는 이마에 땀을 닦으시며 말씀하셨다. 우리가 타고 온 반대편 버스정거장으로 걸어갔다. 정거장 앞에 있는 슈퍼에서 할머니는 아이스크림을 사 주셨다. 할머니는 이가 시려 아이스크림을 못 드신다고 하셨다. 날씨가 더워서인지 두 입을 베어 먹으니 어느새 손으로 아이스크림 녹아 흘렀다. 아이스크림을 다 먹고도 한참 후에 버스가 왔다. 아까와 같은 기사 아저씨였다.

"장 보셨나 봐요?"

"예."

할머니는 짧게 대답하시고 좌석에 앉으셨다. 집으로 돌아오니 사촌들과 오빠가 같이 놀고 있었다. 할머니는 화투로 운세를 보시곤 하셨는데,

그래서인지 짝이 모두 맞는 화투가 항상 서랍에 있었다. 오빠와 사촌들은 그 화투로 고스톱을 하며 놀고 있었다. 1등을 한 사람이 꼴찌의 손목을 때리기 내기를 했는데, 오빠가 꼴찌를 한 모양이다. 손목이 시뻘게져 얼굴이 달아올랐다. 약이 잔뜩 오른 오빠는 "한 판 더"를 외쳤다. 어쩐지 오빠가 이겼으면 했다. 속으로 오빠를 응원했다. 오빠는 계속해서 졌지만, 이길 때까지 계속하겠다고 했다.

할머니는 저녁을 먹으라고 하셨고, 우리는 밥을 먹으러 나왔다. 오빠는 밥을 먹는 내내 분이 풀리지 않은 듯 씩씩거렸다. 밥을 먹고 날이 어둑어둑해지고 밤바람이 선선하게 불어 왔다. 우리는 마을회관 앞으로 나갔다. 그곳에는 동네 아이들이 폭죽놀이를 하고 있었다. 어둠 속에서 빛나는 폭죽은 너무 예뻤다. 폭죽을 켜기 위해 몰래 가져온 라이터로 장작에 불을 붙였다. 캠프 때 봤던 캠프파이어를 조그맣게 만들어 불을 쐬었다. 아이들은 신이 나서 불을 들고 장난을 쳤다. 밤에 불놀이하면 이불에 지도를 그린다는 엄마의 말씀이 떠올랐다.

정말일까? 조금은 겁이 나 나는 불을 쳐다보기만 했다. 그리고 마을회관 계단에 걸터앉아 하늘을 바라보았다. 하늘에는 쏟아질 듯 많은 별이 빛나고 있었다. 하늘에는 많은 별이 있다고 배웠지만 서울에서는 10개 남짓밖에 보이지 않았었다. 오빠는 북극성과 북두칠성을 나에게 알려주었다. 책에서만 보던 별자리가 눈앞에 있으니 너무 신기했다. 한참을 쳐다보다 보니 잠 잘 시간이 되었다. 오빠는 나를 업고 할머니 댁으로 들어갔다. 오빠 등에 업혀 어느새인가 잠이 들었다.

눈을 떠보니 아침이었다. 얼른 이불을 만져보았다. 다행히 이불은 보송보송했다. 작년까지는 가끔 밤에 이불에 실례했는데 엄마는 아무 말 없이 이불을 빨아 너셨다. 그때마다 오빠는 나를 놀려 댔다. 머리에 키를 쓰고 옆집에 소금을 받아와야 하는 거라고 바가지를 주었다. 바가지를 들고 옆집에 간다니. 생각만 해도 창피했다. 그래도 내가 잘못한 것 같아 아무 말도 할 수 없었다.

집 밖으로 나와 주변을 둘러 보았다. 어디선가 닭이 동이 트는 것을 알려 주고 있었고, 간밤에 내린 이슬로 풀잎은 촉촉했다. 물기를 머금은 꽃은 본래 가진 색보다 더 화려하게 빛이 났다. 개미들도 일을 시작하는지 줄을 지어 이리저리 바삐 움직이고 있었다. 간밤에 날 괴롭히던 모기도, 자꾸만 내 옆에 와 맴도는 파리도 모두 바빠 보였다.

외양간에 있는 소들은 배가 고프다는 듯 울어댔다. 할아버지는 오늘도 어김없이 배고픈 소들의 주린 배를 채워 주시고는 고추밭에 가실 채비를 하셨다. 오빠와 나는 바구니를 하나씩 챙겨 들고 할아버지가 운전하시는 경운기에 올라탔다. 어쩌면 뛰는 것이 더 빠를지도 모르지만 경운기에 앉아 있으니 재미있었다. 바람이 얼굴을 스치고 지나갔다. 동네 개가 짖었지만 경운기 위에 있으니 무섭지 않았다. 할아버지는 지나가는 사람들 모두와 눈을 마주치고 인사하셨다.

얼마 지나지 않아 고추밭에 도착했다. 동네 분들 몇 분이 벌써 와서 고추를 따고 계셨다. 우리는 인사를 하고 창이 큰 모자를 쓰고 고추를 땄다. 빨갛고 큰 고추만 따라고 하시고, 할아버지는 점점 멀어지셨다. 땡볕에서 앉아 고추를 따려니 힘이 들었다. 오빠는 고추밭에 놀고 있는 방아깨비를 발견하고 장난을 치고 있었다. 그래도 나는 묵묵히 고추를 땄다. 어느덧 내가 가지고 있던 바구니가 빨간 고추로 가득 찼다. 바구니를 들고 경운기가 세워진 근처로 갔다. 포대에 고추를 부었다. 큰 포대에 고추를 언제 다 채울지 막막했다. 그래도 다시 따던 자리로 돌아가 고추를 땄다. 할머니 한 분이 내가 시작한 반대편 방향에서 고추를 따셨는데 나와 만나게 되었다. 할머니는 힘들지 않냐고 자상하게 물으셨다. 얼굴은 온통 땀으로 범벅이 되어 나보다 몇 배는 더 힘들어 보이셨다. 할머니는 내게 노래를 해보라고 하셨다. 나는 학교에서 배운 동요를 불렀다. 노래가 끝나자 다른 할머니 한 분도 내 근처로 오셨고 할머니들은 답가를 시작하셨다. 알 수 없는 노래였지만 흥겨운 노래에 모두 신이 나서 따라 부르셨다.

일어나서 기지개를 켰는데 멀리서 우리 할머니가 머리에 무엇인가를 이고 오셨다. 그것은 새참이었다. 할머니는 김치전과 막걸리를 갖고 오셨는데 일을 하고 먹어서인지 너무 맛이 있었다. 곧 접시가 바닥을 보이고 각자 일을 하던 자리로 돌아갔다. 할아버지도 한쪽 구석으로 가서서 담배 한 대를 태우시고 밭으로 걸어 들어가셨다. 할머니도 고추밭에서 일 하시려는 지 오빠에게 짐을 맡기셨다. 오빠는 할머니가 가지고 오셨던 짐을 들고 집 쪽으로 걸어갔다. 나도 얼른 오빠를 따라갔다. 부엌에 빈 주전자와 접시를 쌓던 보자기를 내려놓았다.

집안에는 아무도 없었다. 우리는 집안을 돌아다니며 재미있는 것이 없나 살펴보았다. 사랑채 옆에 있는 광에 갔더니 공기총 하나가 세워져 있었다. 공기총을 갖고 밖으로 나왔다. 이리저리 만져보고, 장전도 해보려고 했지만 쉽지 않았다. 나는 옆에 앉아 그런 오빠를 바라보았다. 지나가던 옆집 아저씨가 깜짝 놀라 달려오셨다.

"애들이 갖고 놀 물건이 아니야!"

우리는 너무 놀라 총을 바닥에 떨어뜨렸다. 아저씨는 총을 들고 따라오라고 하셨다. 담벼락에 참새 두 마리가 앉아 있었다. 아저씨는 담벼락을 향해 총을 두 번 쏘셨다. 탕. 탕. 놀란 참새가 도망갔다. 아니 한 마리만 날아갔다. 아저씨가 참새를 잡은 것이었다. 아저씨는 죽은 참새를 들고 집으로 들어가셨다. 우리도 아저씨를 따라갔다. 참새를 뜨거운 물에 담갔다 꺼내 털을 뽑았다. 물로 헹구고 칼로 참새를 다듬으셨다. 나는 너무 징그러워 고개를 휙 돌렸다. 털이 뽑히고 내장을 꺼낸 참새는 내 손바닥보다 작았다. 아저씨는 석쇠에 참새를 구우셨다. 참새가 익는 냄새는 고기 굽는 냄새와 비슷했고, 입안에 군침이 돌기 시작했다. 참새가 익는 동안 아저씨는 우리의 이름과 나이, 어디 사는지 등을 물어보셨다. 오빠는 어른스럽게 아저씨의 물음에 차분히 대답했다. 나는 익어가는 참새에 눈을 뗄 수가 없었다. 징그럽기도 했지만 고소한 냄새에 먹어보고 싶기도 했다. 아저씨는 다 익은 고기를 조금 떼어 오빠 입에 넣어 주었다.

오빠는 연신 최고를 외치며 맛있다고 했다. 아저씨는 이어 나에게도 참새고기를 주셨다. 입안에 고소함이 퍼졌다. 소고기도, 돼지고기도, 닭

고기로도 낼 수 없는 맛이었다. 더 먹고 싶었지만 참새는 너무도 작았다.

아저씨는 총을 압수하셨고, 우리는 참새를 생각하며 집을 나왔다. 참새를 잡을 방법이 없을까? 참새고기의 유혹을 뿌리칠 수 없었다. 참새를 잡을 생각을 하며 동네를 돌아다니다 보니 동네 아이들이 딱총을 가지고 노는 것이 보였다. 아이들은 그것으로 참새를 잡을 것이라고 했다. 알파벳 Y 모양으로 생긴 나무에 양쪽 윗부분은 고무줄로 묶어져 있었다. 작은 돌멩이를 고무줄과 함께 당겼다가 놓아 돌멩이로 목표물을 명중시키는 논리였다. 빈 깡통을 놓고 연습을 했다. 오빠는 제법 돌멩이를 멀리 날려 보냈지만 나는 1m도 힘들었다. 고무줄이 잘 당겨지지도 않았고, 어느 순간 놓아야 하는지 타이밍을 잡기도 쉽지 않았다.

오빠는 아이들과 어울려 참새를 잡고 올 테니 집에 가 있으라고 했다. 참새를 또 먹을 생각에 신이 나 집으로 갔다. 마당에는 봉숭아꽃이 피어 있었다. 작년에 봉숭아꽃으로 손톱에 물을 들인 일이 떠올랐다. 주변에 있던 바구니를 갖고 봉숭아꽃을 땄다. 비닐봉지를 가져와 네모모양으로 자르고 실도 챙겨 왔다. 부엌에서 소금도 가져왔다. 넓적한 큰 돌멩이 위에 봉숭아꽃과 소금을 놓고 작은 돌멩이로 빻았다. 붉은 물이 흘러내렸다. 손톱에 그것을 올리고 비닐로 쌓아 실로 동동 감았다. 묶기가 쉽지 않았지만 이를 이용하여 묶을 수 있었다. 열 손가락을 다 하고 싶었지만 묶기가 쉽지 않아 손가락 세 개만 하기로 했다. 낑낑거리며 마지막 손가락까지 마무리했다.

손가락이 붉게 물들면 예쁘겠지? 방학이 끝나고 학교에 가면 아이들이 내 손톱을 부러워할 거라는 상상을 했다. 대문이 열리고 오빠가 들어왔다. 벌떡 일어나 오빠의 양손을 보았다. 아무것도 없었다.

"못 잡았어?"

"응."

풀이 죽은 오빠를 보니 참새보다도 오빠가 안타까웠다. 뭐라고 말을 해야 할지 몰랐다. 내가 무슨 말이라도 해서 오빠의 심기를 건드리면 또 꿀밤을 때릴 테니까. 내일은 엄마, 아빠가 오셔서 우리를 데리고 가신다고 했다. 엄마를 만날 생각을 하니 기분이 좋았다. 이곳에서 있었던 일을 말하면 엄마도 재미있어 하실 것 같다.

집으로 돌아가면 밀린 방학숙제도 해야 하고 일기도 써야 했지만 집에 가고 싶었다. 엄마 생각을 하며 잠이 들었다. 피곤했는지 모기가 몸 여기저기 물고 있는 것도 모른 채 깊은 잠에 빠졌다.

오빠에게
잘
해 줘 야지

　　서울에서 회사에 다니신 아빠는 시골에서 다닌 고등학교 친구들과 오랫동안 연락을 하고 지내셨다. 다들 서울로 올라와 서로를 의지하고, 힘든 일을 함께 나누다 보니 형제 같은 사이가 된 것이었다. 그리고 각자 결혼을 하고 아이를 낳아, 동창 모임에서 부부동반, 부부동반에서 가족동반으로 모임의 성격이 바뀌게 되었다. 우리는 어린 시절부터 어울렸고, 비슷한 또래다 보니 자연스레 친해지게 되었다.

　　아빠가 가장 결혼을 빨리하셔서 오빠가 가장 나이가 많았고, 5~6년 터울로 이루어져 있었다. 만날 때마다 무슨 할 얘기가 그리 많은지, 아빠들끼리 엄마들끼리 모여 앉아서 이야기를 나누셨고, 어른들도 우리를 신경 쓰지 않았지만 우리도 어른들을 신경 쓰지 않고 우리끼리 놀았다. 우리 네 식구가 놀러 가는 것도 재미있었지만, 또래들과 어울리는 것도 재미있었다. 넓은 장소만 있으면 "무궁화 꽃이 피었습니다", "숨바꼭질" 등의 놀이를 했다. 이런 놀이는 사람이 많아야 재미있는데 우리 식구끼리는 할 수 없기 때문이었다. 오빠는 이곳에서는 대장이었다. 오빠가 말하면 법이었다. 게다가 남자아이들이 오빠를 잘 따랐다. 오빠는 우쭐해져서 아이들을 데리고 다녔다.

이번 주말에는 계곡으로 놀러 가기로 했다. 전날 비가 오면 어쩌나 걱정을 하며 잠이 들었지만 날씨는 다행히도 맑았다. 먼저 도착한 차가 보이고, 몇 명 아이들은 벌써 모여 앉아 있었다. 오빠와 나는 차에서 내려, 달려가 인사를 했다. 당시에 고무줄을 하는 것이 유행이어서 고무줄을 가지고 갔다. 지역은 다르지만 고무줄 하는 노래나 규칙은 모두 같았다. 나무에 고무줄을 걸어 묶고 한 사람이 잡고 다른 한 사람은 고무줄을 다리 사이사이로 왔다 갔다 했다. 고무줄은 한 줄로 하기도 하고 두 줄이나 길이가 길면 세 줄까지 하기도 했다.

"개나리 노란 꽃그늘 아래, 가지런히 놓여 있는 꼬까신 하나.

아기는 살짝 신 벗어 놓고, 맨발로 한들한들 나들이 간다.

가지런히 놓여 있는 꼬까신 하나."

같이 노래를 하면서 고무줄 위를 뛰어다녔다. 밟아야 할 타이밍에 밟지 못하거나, 고무줄이 오른쪽에 있어야 하는데 왼쪽에 있다거나 하면 순서를 바꿨다. 1단계는 발목, 2단계는 무릎, 3단계는 허벅지, 4단계는 허리, 5단계는 가슴, 6단계는 목, 7단계는 머리끈, 8단계는 손을 높게 든 높이였다. 이렇게 단계가 올라갈수록 다리를 높이 들어 고무줄을 발에 걸어야 하기 때문에 어려워졌다. 고무줄놀이는 여자들의 전유물이었기 때문에 여자들끼리 모여서 놀았다. 모르는 노래가 있으면 알려주고, 배우고 하며 고무줄놀이를 했다. 학교에 가면 쉬는 시간에 친구들과 고무줄놀이를 하는데 이때 새로운 노래와 방법을 알려주면 친구들도 좋아할 것 같았다. 요즘은 한창 고무줄놀이에 빠져 있어서 쉬는 시간만 기다렸었다.

한참 고무줄놀이를 하다가 지루해졌다. 주변을 둘러 보니 풀밭에는 토끼풀들이 많았다. 넓게 펼쳐진 초록색 세 잎 클로버가 있고, 중간중간 하얀 토끼풀이 한들거리는 모습이 아름다웠다. 초록색은 우리의 마음을 편안하게 해줬고 하얀 꽃은 참 예뻤다. 많은 세 잎 클로버 가운데 가끔, 아주 가끔 네 잎 클로버가 있는데 이것을 발견하면 행운이 찾아온다고 했다. 행운이 무엇인지 정확히 알 수 없었지만, 무엇이 행운이 될지도 몰랐지만, 나는 열심히 네 잎 클로버를 찾아다녔다. 네 잎 클로버를 찾으면 엄마도, 아빠도 좋아하실 것 같았고, 엄마 아빠가 좋아하시는 일이라면 하고 싶었다. 열심히 네 잎 클로버를 찾고 있을 때 한 아주머니가 토끼풀을 꺾어 오라고 하셨다. 나는 크고 예쁜 토끼풀만 꺾어서 가져다 드렸다.

아주머니는 토끼풀로 팔찌를 만들어 주셨고, 더 꺾어 오라고 하셨다. 우리는 한 손 가득 꽃을 꺾어 왔다. 아주머니는 토끼풀 100여 개로 왕관을 만들어 주셨다. 토끼풀에는 벌레가 있어 꽃 왕관을 오래 쓸 수는 없었지만 무척이나 예뻤다. 꽃이 시들어서 집에 가지고 올 수도 없었지만 내 기억 속에는 계속 존재했다. 그 이후에도 토끼풀만 보면 왕관을 만들려고 시도해 보았지만 혼자서는 어려웠다. 토끼풀 왕관을 쓰고 사진을 찍으며 놀고 있을 때였다. 누군가 소리 지르며 달려왔다.

"형이 다쳤어요. 피가 많이 나요."

어른들은 너무 놀라 우왕좌왕했고, 엄마는 어디냐고 묻고 달려가셨다. 오빠는 남자아이들을 거느리고 신이 나서 계곡으로 갔었다. 송사리를 잡겠다고 그물망을 치고 놀던 도중 미끄러져 바위에 다리가 긁힌 모양이었다. 조금 시간이 지나자 엄마는 오빠를 업고 오셨다. 피가 많이 나서 신발까지 빨갛게 물들어 있었다. 빨간색 피를 보자 눈물이 났다. 오빠가 매우 아플 것 같아서 걱정됐다. 오빠는 나이가 젤 많은 대장이라는 사명감 때문인지 울지 않았다. 오히려 웃으면서 나를 쳐다봤다. 아빠는 오빠를 데리고 근처 병원에 있는 응급센터에 가셨다.

혼자 남게 된 나는 오빠 걱정에 아무것도 할 수 없었다. 그렇게 많은 피는 태어나서 처음 보는 것 같았다. 손을 조금만 베어도 아프고 따가운데, 피가 철철 흘리는 오빠의 다리는 너무 아플 것 같았다. 내가 조금 더 잘해줄 걸 하는 후회도 해 봤다. 고무줄놀이하지 말고 오빠 따라갈 걸 그랬다. 내가 있었으면 오빠가 안 다쳤을 것 같았다. 아니, 내가 오빠 없어지게 해달라고 하늘에 빌어서 이렇게 되었을까. 모든 게 나 때문에 벌어진 일 같았다. 다른 아주머니들이 오빠 괜찮을 거라고 위로를 해주셨다. 길가에 오빠가 오면서 흘린 핏자국이 선명하게 남아 있었다. 주변에는 피가 묻은 휴짓조각이 널브러져 있었다. 별일이 없길 기도했다. 늘 나를 괴롭히고 못살게 구는 오빠지만, 없으면 안 된다.

1시간이 지났을까, 아빠 차가 보였다. 차에서 내린 오빠는 여전히 웃고 있었다. 다리는 붕대를 칭칭 감아 절뚝거리며 걸었다. 아빠는 오빠 다리가 많이 찢어져 몇 바늘을 꿰맸다고 하셨다. 오빠가 울지 않고 씩씩하게 견뎌냈다고 자랑스러워 하셨다. 오빠는 어릴 적에도 눈 위가 찢어져 꿰맸다고 한다. 사진을 보면 오빠 눈 위에 큰 밴드를 붙이고 있는데, 그때인 것 같다. 나는 그렇게 큰 상처가 난 적이 없어서 오빠의 마음을 이해할 수 없었다. 다만, 너무 아플 것 같았고 그 느낌을 상상할 수도 없었기 때문에 걱정이 되는 것이었다. 아빠도 분명히 가장 놀라셨을 텐데도 기분 좋게 놀러 온 다른 가족들을 생각해서 애써 태연한 척하셨다. 의젓한 오빠도 아무 일도 없었다는 듯이 웃으면서 저녁을 먹었다. 나 같았으면 엉엉 울었을 텐데 오빠가 대단해 보였다.

 오빠는 나보다 26개월을 먼저 태어났고 나보다 2,340번의 밥을 더 많이 먹었다. 그것은 부정할 수 없는 사실이고 이럴 때면 여실히 드러났다. 내가 동생이고 약한 것은 어쩔 수 없는 사실이었다. 아픈 오빠에게 더 잘해줘야겠다고 다짐했다. 또 내가 동생이기 때문에 잘해야 한다는 것을 다시 한 번 다짐했다.

추석,
풍성한
추억

　　　　　　　가을이 오고 벼가 누렇게 익어가면 또 하나의
명절 추석이 다가온다. 매번 명절에 시골 가는 길은 차가 막혀 힘들지만
사촌 동생들을 만날 생각에 기다려지기도 했다. 매일 오빠한테 시달리던
나는 동생들이 갖고 싶었고, 사촌 동생들은 그런 내 바람을 충족시켜 주
었다. 자주 볼 수는 없지만 학교 친구들보다 더 가까운 무언가가 있었다.
　가을은 농사짓는 이들에게는 가장 바쁜 계절이다. 봄철 뿌린 씨앗이
열매를 맺어 수확을 기다리기 때문이다. 여름철 비가 많이 오면 홍수가
나지 않을까, 태풍이 오면 나무가 쓰러지진 않을까. 자연의 힘으로 자라
나기 때문에 아무리 공을 들인다 한들 인간의 힘으로는 한계가 있다. 그
해 태양과 비가 적절하게 작용해야 맛있는 열매를 맺는다. 그렇기 때문
에 예전부터 사람들은 하늘에 의지해서 제를 올렸다. 명절에는 온 가족

이 모이는 것도 중요하지만, 차례를 지내 조상들께 예를 올리는 것 또한 중요한 부분이었다.

하늘도 우리의 노력을 아시는 지 올해는 다행히 자연재해가 없어서 풍년이라 불렀다. 논에는 벼가 익어 고개를 숙이고, 바람에 살랑살랑 움직이고, 나무에는 새빨간 과일들이 주렁주렁 달려 있었다. 하나하나 정성스럽게 종이로 쌓인 배도 보였다.

시골에서는 아이스크림이나 과자를 사 먹을 수가 없기 때문에 길가에 널린 게 우리의 간식이었다. 특히 추석에 시골에 가면 먹을 것이 많았다. 내가 좋아하는 홍시도 있고, 산 밤도 따서 먹었다. 그리고 또 하나 기다려지는 것은 메뚜기였다. 작년에 오빠들이 1.5 리터 페트병 가득 논에서 메뚜기를 잡아 왔었다. 좁은 공간에 50여 마리의 메뚜기가 탈출을 시도하고 있었다. 폴짝폴짝 뛰어다니며 서로 부딪치고, 엉기고 하는 모습이 안쓰러웠다. 장작을 갖고 와 아궁이에 불을 때고 쇠꼬챙이에 메뚜기를 쭉 꿰어 구웠다. 처음에는 너무 징그러워 잡을 수도 없었다. 하지만 한번 먹어 본 이후로 생각이 바뀌었다. 구워진 메뚜기를 먹자 입안에서 고소함이 번졌고, 징그럽다는 생각도 사라져 갔다.

"오빠, 메뚜기 잡으러 가자."

"강가에 가서 송사리 잡을 거야."

"그것도 먹는 거야?"

"넌 먹는 것밖에 모르냐?"

오빠는 내 머리를 콩 쥐어박고는 나갈 채비를 했다. 사촌오빠들도 동생들도 수건을 챙기고, 그물을 챙겨서 나갔다. 나도 동생들과 함께 뒤따랐다. 메뚜기가 아닌 것에 조금 실망했지만, 물가에 가서 논다는 사실에 금세 잊어버렸다. 마을 어귀에 들어서기 전에 다리가 하나 있는데 그 아래 깊지 않은 강이 흐르고 있었다. 차를 타고 다리를 지날 때면 아이들이 물속에서 수영하고 어른들은 주변에서 돗자리를 펴고 쉬고 계셨다.

걸어가기엔 조금 거리가 있어 차를 타고 가야만 했기 때문에 우리는 어른 한 명을 꼬셔야 했다. 나는 얼른 아빠에게 달려가 졸랐고 아빠는 쉽게 허락하셨다. 아빠는 운전석에 앉으시고 큰 오빠들 위로 어린 동생들이 앉으니 차 안에 8명이 타게 되었다. 차로 5분 거리지만 시골길은 험난했다. 덜컹덜컹. 여기저기서 비명이 들렸다. 아빠는 재미있다는 듯이 더 세게 액셀러레이터를 밟으셨다.

강가에 도착하니 우리 외에도 많은 사람이 있었다. 더위가 한풀 꺾여 물에 들어가기엔 조금 추웠지만, 준비운동을 하고 망설임 없이 물속으로 들어갔다. 강이라고 하기엔 좀 얕고 냇가라고 하기엔 좀 깊었다. 물 가운데로 가면 내 키를 넘는다고 하니 꽤 깊은 모양이었다. 그물망을 돌 아래 놓고 기다리다가 들어냈다. 몇 번을 허탕 치며 계속해서 기다렸다. 나는 신발과 양말을 벗고 바위에 걸터앉아 동생들과 함께 물장구를 쳤다. 물 안에는 송사리들이 떼를 지어 움직이고 있었다. 이렇게 물고기가 많은데 왜 못 잡는지 이해할 수가 없었다. 아빠는 오빠들과 함께 고기 잡는 것을 도와주셨다. 물고기는 우리만 피해갔나 보다. 오빠는 내가 시끄러워 물고기가 도망가는 것이라고 했다. 동생들과 나는 조용히 이야기를 나눴다. 동생들은 내가 무서운 이야기 해주는 것을 좋아했다. 그래서 나는 항상 동생들을 만나기 전에는 무서운 이야기책을 보거나 친구들에게 물어보았다. 당시에는 텔레비전 프로그램에서 미스터리한 실화를 재연하는 것도 있었고, 공포물 시리즈가 책으로 인기를 끌고 있었다. 엄마와 함께 서점에 가면 가장 먼저 달려가 보는 코너이기도 했다. 표지부터 음산하고 무서웠고 주변을 자꾸 돌아보게 했지만 그 또한 묘미였다.

친구들과도 인적이 드물고 어두운 곳으로 가서 무서운 이야기를 하며 놀았다. 나는 이야기에 허구를 더하고 강약을 조절하며 무서운 이야기를 해줬다. 한참 무서운 이야기를 하고 있을 때였다.

"잡았다!"

"엄마야!"

큰소리에 우리 모두 깜짝 놀랐다. 오빠가 물고기를 잡은 것이었다. 신이 난 오빠는 물가로 달려 나왔고, 그물망에는 자그만 물고기 두 마리가 있었다. 오빠는 넓적한 통에 물을 담아 물고기를 넣었다. 우리도 함께 통 안을 쳐다보았다. 물고기는 넓은 강에서 놀다가 좁은 통 안에 들어왔다고 심술이 난 모양이었다. 오빠는 다시 강 가운데로 들어갔고, 우리도 하던 이야기를 계속했다. 이야기 소재가 끝나갔지만 물고기 소식은 더 없었다.

아빠는 피곤하신지 돌아가자고 하셨고, 운전자가 없으면 우리는 집으로 돌아갈 방법이 없기 때문에 하는 수 없이 차에 올라탔다. 집에 돌아오자마자 사촌오빠들과 오빠는 다시 나갔고, 이번에는 어디를 가는지 말해주지 않았다.

　아빠는 수돗가에서 발을 닦으시고는 안방으로 들어가 낮잠을 주무셨다. 우리는 부엌으로 들어가 각자 엄마 품에 안겼다. 할머니와 엄마들은 부엌에서 송편을 만들고 계셨다. 할머니는 예쁜 송편을 만들면 예쁜 딸을 낳는다고 하셨다. 나는 우리 엄마의 송편이 가장 예뻤다. 하지만 동생들은 각자 자기 엄마가 만든 송편이 예쁘다고 했다. 우리는 하하 호호 웃으며 송편을 만들었다. 하얀색 송편 피를 동그랗게 하여 안에 콩고물을 넣어 다시 오므렸다. 엄마가 만드시는 송편을 보고 따라 했지만 모양은 비뚤배뚤하여 내 마음처럼 되지 않았다. 나는 토끼 모양의 송편을 만들었다. 긴 귀를 두 개 만들고 동그랗게 얼굴 모양을 만들었다. 할머니는 내 송편을 보시고 먹는 것으로 장난한다고 혼을 내셨다. 나는 다시 일반적인 송편을 만들었지만 할머니는 그것도 못 먹는 것이라며 나보고 다 먹으라고 하셨다. 엄마는 만드는 중간중간에 커다란 솥에 솔잎을 깔고 위에 송편을 쪄내셨다. 송편 찌는 냄새는 구수하고 솔잎 향이 나면서 군침이 돌게 했다. 엄마는 터진 송편을 그릇에 담아 참기름을 묻혀서 주셨다. 뜨거운 송편을 호호 불며 한입 먹었다.

　"으, 맛없어."

　콩고물은 설탕이나 단맛이 하나도 없었기 때문에 내 입맛에는 맞지 않았다. 엄마는 몸에 좋은 것이라고 먹으라고 하셨지만, 콩을 싫어하는 내게는 고역이었다. 맛없는 송편에 흥미가 없어져 우리는 부엌을 나와 방으로 들어가 텔레비전을 켰다. 명절에는 재미있는 영화가 많이 했다. 아빠도 주무시고 오빠들도 없는 집에는 우리가 왕이었다. 우리는 채널을 이것저것 돌리며 텔레비전을 보았다.

해가 뉘엿뉘엿 넘어갈 무렵 오빠들이 들어 왔다. 무엇인가 통에 가득 담겨 있었다. 오빠는 그것이 미꾸라지라고 했다. 미꾸라지들은 검고 포동포동했다. 쉴 새 없이 움직이는데 이름처럼 미끌미끌했다. 하나를 잡아보려고 손을 넣었지만 금세 내 손을 빠져나갔다. 맨손으로는 잡을 수도 없었다. 소쿠리에 미꾸라지를 옮겨 담아 굵은 소금을 뿌렸다. 엄마는 미꾸라지로 추어탕을 해주셨다. 저녁 시간에 온 식구가 모여 앉았고 오빠는 내가 잡은 미꾸라지라고 너스레를 떨었다. 하지만 미꾸라지는 우리 입맛에는 맛있는 음식이 아니었고 어른들만 포식했다. 국물에도 미꾸라지 잔뼈가 있어 먹기가 힘들었다. 왜 뜨거운 음식을 먹으며 어른들은 시원하다고 하는지 이해할 수 없었다. 이렇게 맛없는 송편을 만드는 것도, 알 수 없는 맛을 내는 추어탕을 시원하다고 하는 것도 아리송했다.

저녁을 다 먹고 달맞이를 하기 위해 엄마 손을 잡고 옥상으로 올라갔다. 보름달은 정말 크고 빛났다. 달 안에 거뭇거뭇한 흔적이 있는데 그 안에 토끼가 방아를 찧고 있다고 하셨다. 달을 보며 우리는 모두 소원을 빌었다. 내 소원은 오빠가 착해지는 것이었다. 날 괴롭히지 않게 해달라고 빌었다. 달님이 내 소원을 들어주시길 바라면서 동생들과 손을 잡고 빙글빙글 돌며 강강술래 노래를 했다.

다음 날 차례를 지내고 성묘를 했다. 누구의 묘인지 모르고 험한 산

길을 헤치며 절을 계속했다. 땀이 비 오듯이 났지만 가만히 그늘에 있으면 시원하게 산들바람이 불어 왔다. 집으로 돌아와 씻고 옷을 갈아입고 외할머니 댁으로 갈 준비를 했다. 할머니는 쌀이며 과일, 나물, 남은 음식들을 트렁크에 계속해서 실어 주셨다. 트렁크가 닫히질 않자 마른 고추를 넣은 포대를 뺐는데 할머니는 꼭 갖고 가야 한다며 다른 작은 포대에 담아 기어이 실으셨다. 뒷자리가 무거워져 시골길을 나가는 것은 더 험난했다. 늘 그랬지만 추석에는 몇 배는 무거웠다. 나와 오빠는 뒷자리에 앉아 덜컹거리는 차에 대해 툴툴거리며 외할머니 댁으로 갔다.

외가에는 사촌 동생이 얼마 전에 태어났다. 아기를 볼 생각에 신이 났다. 오빠도 나도 아기를 좋아했다. 작은 손과 발이 귀여웠고, 깜박이는 눈도 신기했다. 외할아버지, 외할머께 절을 하고 우리는 작은 방으로 갔다. 아기는 눈을 뜨고 두리번거리고 있었다. 입을 크게 벌리기도 하고 눈썹을 찌푸리기도 했다. 아기의 표정 하나, 하나가 신기해 가만히 쳐다보았다. 오빠는 아기 손에 자신의 검지를 가까이 댔다. 아기는 오빠의 손가락을 꼭 잡았다. 오빠는 손을 빼려고 했지만 아기가 잡는 힘이 상당했다. 딸랑이를 흔들어 보았다. 아기는 딸랑이를 따라 고개를 돌리고 잡으려고 손을 뻗었다. 그리고는 웃었다. 그 모습이 너무 사랑스러웠다.

다른 동생들도 아기였을 때부터 봤지만 기억이 잘 나지 않았고, 우는 모습만 생각이 났다. 지금 눈앞에 있는 아기는 참 순했다. 우리를 봐도 울지 않고 옹알이를 하니 더 예뻤다. 오빠는 아기를 안아 보겠다고 했다. 아기는 오빠 품에 안겨서 편안하게 있었다. 나도 안아 보고 싶었지만 오빠는 나는 할 수 없다고 말했다. 하얗고 보드라운 볼에 손을 댔다. 아기는 내 손을 빨려고 입을 갖다 대었다. 깜짝 놀라 손을 뺐다. 오빠는 그 모습이 웃긴지 킥킥거렸다. 아기는 우유만 먹는다고 했다. 세상에 맛있는 것이 참 많은데, 먹어보지도 못하고 움직이지도 못하는 아기가 가여웠다. 다음에 보면 기어 다니거나, 걸어 다니겠지만 지금은 가만히 누워 하늘만 처다보는 것이 심심해 보였다. 아기가 졸리는지 눈을 스르륵 감았고 우리는 방을 나왔다.

요즘 오빠는 게임에 빠져 있었다. 사촌오빠와 같이 근처에 있는 오락실에 갔다. 집에서도 아빠가 사주신 게임기에 팩을 바꿔가며 장시간 게임을 해서 엄마에게 혼나기도 했다. 어른들은 어른들끼리 시간을 보내니 이때다 싶은지 게임을 하러 직행했다. 나는 그릇과 컵이 많이 진열돼있는 찬장으로 갔다. 사촌 언니들과 소꿉놀이를 했다. 밥그릇, 국그릇이 있고 반찬 그릇을 옆에 놓았다. 작은 종지 뚜껑을 덮고 구석에 놓았다. 놋그릇도 있었고 사기그릇도 있다. 컵은 크리스털 잔, 작은 술잔, 여러 가지 모양의 찻잔들도 있다. 안에 음식이 들어 있는 상상을 하며 그릇을 펼쳐 놓았다. 컵을 마시고 밥을 먹는 시늉을 했다. 언니들에게도 그릇을 나누어 주었다. 소꿉놀이에 싫증이 나 그릇을 다시 정리해서 넣어 두었다.

집 앞에는 비디오 가게가 있었는데 언니들과 함께 비디오를 빌려 보기로 했다. 당시에는 패왕별희나, 마지막 황제와 같은 홍콩 영화나 강시가 나오는 중국 공포물이 유행했다. 언니들은 강시를 빌려 보기로 했다.

동네 근처에 있는 오락실에 가서 오빠와 사촌오빠를 데려왔다. 우리는 작은 방에 모여 앉아 비디오를 넣고 텔레비전을 켰다. 강시는 중국 귀신이고 머리엔 동그란 모자를 쓰고 얼굴은 하얗고 입술은 빨갛다. 팔을 쭉 뻗어 11자를 만들고 콩콩 뛰어다녔다. 남자 어른부터 아기까지 강시는 다양했다. 강시는 보통 사람들을 죽이지만 착한 강시도 있었다. 착한 강시는 사람들을 도와주었고 나쁜 강시로부터 사람들을 보호해 주기도 했다. 낮에는 관에서 자고 밤이 되면 밖으로 나와 돌아다녔다. 강시를 피하는 방법은 두 가지가 있는데 한 가지는 숨을 참는 것이었다. 숨을 참으면 강시는 사람이 어디에 숨어 있는지 알지 못했다. 사람이 내쉬는 숨으로 위치를 알아내고 다가왔다. 하지만 숨을 쉬는 것은 인간의 생리적 욕구이기 때문에 오랫동안 숨을 참을 수는 없었다. 다른 방법은 부적을 강시의 이마에 붙이는 것이었다. 이마에 부적이 붙은 강시는 얼음처럼 몸이 굳어 버린다.

영화를 다 보고 나는 밤에 강시가 오는 상상을 하고는 무서워 숨을 참았다. 화장실에 가서도 강시가 갑자기 어디선가 나올 것 같은 두려움에 얼른 물을 내리고 나왔다. 강시의 환영은 한동안 나를 괴롭혔고 현실에선 오빠 강시가 날 괴롭혔다. 영화를 본 것이 후회되기도 했지만 추석이 끝나고 학교에 가니 아이들은 강시에 대한 이야기를 했고 나도 함께 참여해서 이야깃거리가 되니 그다지 기분이 나쁜 것만은 아니었다.

백팀 청팀
가을
운동회

가을이 되면 학교에서는 운동회를 했다. 홀수 반은 청군, 짝수 반은 백군으로 팀을 나누었다. 나와 오빠는 둘 다 짝수 반이었기 때문에 백군이 되었다. 오빠가 있는 고학년은 기마전과 줄다리기를 했고 우리 저학년은 공굴리기와 콩주머니 던지기를 했다. 우리 학년이 맡은 콩주머니 던지기는 양 팀 장대 위에 달린 박을 향해 콩주머니를 던지는 것인데 이때 박이 먼저 터지는 팀이 이기는 것이었다. 콩주머니는 각자 집에서 두 개씩 만들어 오라고 숙제로 내주셨다.

엄마는 오래된 아빠의 와이셔츠를 잘라 안에 콩을 넣어 꿰매주셨다. 운동회 전 체육 시간은 경기 연습시간이었고 나는 열심히 콩주머니를 던져보았다. 내가 던진 콩주머니는 박 근처에 가지도 못했다. 여기저기서 콩주머니가 날아다니고 다른 아이의 콩주머니를 다시 주워 던졌지만 어디로 갔는지도 알 수 없었다. 그래도 누군가가 명중시켰는지 박이 열렸다.

　운동회 당일이 되었다. 가을 하늘은 드높았고 구름 한 점 없이 맑았다. 열심히 연습한 것에 대한 성과가 있어야 할 텐데. 오빠와 나는 문구점에 가서 머리띠를 샀다. 하얀 면이 밖으로 가게 머리에 두르고 비장하게 교문을 들어섰다. 학년별로 반별로 운동장에 줄을 섰고 애국가를 부르고 국기에 대한 경례를 했다. 그리고 국민체조를 시작했다. 단상 위에는 커다란 점수판이 세워져 있었고, 그 위에는 만국기가 휘날리고 있었다. 선생님들은 태양을 피해 천막 아래에 서 계셨고 옆에는 상품이 쌓여 있었다. 운동회 소식을 어떻게 알았는지 뒤쪽에는 아이스크림, 솜사탕, 풍선 등을 팔고 있었다. 엄마도 오빠와 내가 운동회 하는 것을 보러 김밥을 싸서 갖고 오셨다. 뒤를 돌아 엄마와 눈을 마주치니 자신감이 생겼다.

　가장 먼저 오빠네 학년의 기마전이 시작되었다. 모자를 쓴 아이가 여러 명의 아이 위에 올라타 상대방의 모자를 뺏는 것이었다. 오빠는 어디 있는지 보이지 않았지만 나는 열심히 응원했다. 말 역할을 하는 아이들이 서로 몸싸움을 해 모자를 쓴 아이가 땅으로 떨어지기도 했다. 마지막으로 살아남은 아이의 모자 색은 백색이었다. 우리는 환호성을 질렀다. 오빠도 어디선가 좋아하고 있을 것 같았다. 다음은 고학년 언니들의 부채춤이 시작되었다. 하얀색 치마와 분홍색 저고리를 입고 연분홍색 부채를 들고 요리조리 움직였다. 꽃 모양을 만들어 돌기도 하고 파도가 넘

실거리는 모양을 나타내기도 했다. 운동장에서 부채춤을 연습하는 것을 종종 보았는데 체육복을 입고 부채만 흔드는 모습이었기 때문에 별로 감흥이 없었다. 하지만 옷도 맞춰 입었고 실전이라 신경을 써서 그런지 더 아름다워 보였다. 우리는 부채춤을 보면서 일어나 선생님의 지시에 따라 움직였다.

개별 달리기를 하는 시간이었다. 7명씩 서서 총소리에 맞추어 결승점으로 달려가면 되었다. 연습할 때는 3등 안에 들었는데 몇 등을 할지 궁금했다. 앞에 친구들이 달려가기 시작했고 드디어 내 차례가 되었다. 심장이 뛰었다. 너무 떨려서 구역질이 나올 것 같았다. 그래도 잘하고 싶었다. 총소리가 들리고 달리기 시작했다. 옆에 친구가 앞서 나갔고 나는 전력을 다해 질주했다. 그 친구와의 차이가 벌어진 상태로 결승점을 통과했다. 선생님이 내 팔목을 붙잡고 "2등이요"라고 외쳤다. 어머니회 아주머니는 내 손목에 2등이라는 도장을 찍어 주셨다. 1등을 하지 못했다는 아쉬움도 있었지만 손목에 아무 도장도 없는 친구를 생각하니 자랑스럽기도 했다.

열심히 달렸더니 땀이 났다. 운동장 구석에 있는 수돗가에 가서 세수했다. 친구에게 물이 튀었다. 친구는 나에게 물을 일부러 뿌렸다. 수도꼭지를 막아 한쪽으로만 나오게 하니 멀리 있는 아이들에게도 물이 갔다. 우리는 물장난을 시작했다. 작은 컵에 물을 받아 뿌리기도 하고 손에 받아 붓기도 했다. 어느새 땀으로 젖었던 옷은 물에 흠뻑 젖게 되었다. 선생님이 달려와 혼을 내셨다. 우리는 물을 잠그고 반 아이들이 모여 있는 자리로 돌아갔다. 따가운 햇볕과 건조한 날씨 때문인지 체육복은 금방 말랐다. 다음 순서는 공굴리기였고 백팀의 승리로 끝났다. 우리는 뛸 듯이 기뻤다. 그리고 기다리던 점심시간이 되었다. 나는 엄마에게 달려가 손목에 2자를 보여드렸다.

"엄마! 저 달리기 2등 했어요."

"잘했네. 우리 딸."

오빠도 땀을 닦으며 걸어 왔다. 열심히 뛰어서인지 김밥은 더욱 맛있었다. 운동회날이나 소풍에만 먹을 수 있는 음식이어서 그런지 하나하나 먹을 때마다 맛이 있었다. 김밥을 다 먹고 엄마에게 아이스크림을 사 달라고 졸랐다. 오빠는 나보고 먹을 것만 밝힌다고 뭐라 했지만 오늘 같은 날이 아니면 엄마는 사주지 않으셨다. 엄마는 지갑에서 200원을 꺼내 주셨고 오빠와 나는 아이스크림 파는 아주머니에게 달려갔다. 아이스크림을 하나씩 들고 혀로 핥으면서 엄마가 계신 곳으로 왔다. 엄마는 다 먹은 도시락통을 들고 집으로 간다고 하셨다. 인사를 하고 오빠와 나는 각자 반으로 돌아갔다. 엄마가 오지 않은 친구들은 자리에서 도시락을 먹었다. 매일 보는 엄마지만 이런 곳에서 또 보는 것도 나쁘지 않았다. 아니 오히려 자랑스러웠다. 곧바로 오후 일정이 시작되고 콩주머니 던지기를 했다. 여기저기 정신없이 콩주머니가 날아다니고 나는 바닥에서 콩주머니를 주워 다시 열심히 던졌다. 연습 때와는 달리 박에 몇 번 명중했지만, 상대편 박이 먼저 터졌다. 박이 터지자 박 안에 있던 꽃가루가 날렸고 둘둘 말려 있던 현수막이 퍼졌다.

"청군 만세"

곧이어 우리의 박도 열렸다. 진 것이 너무 분했다. 우리는 땅을 보며 애꿎은 콩주머니를 발로 찼다. 청군 아이들은 우리를 놀렸고 풀이 죽은 백군 아이들은 자리로 돌아갔다. 줄다리기가 시작되고 아이들은 "영차" 하는 소리에 맞춰 열심히 줄을 잡아당겼다. 우리 모두 열심히 응원했지만 이 역시도 청군의 승리로 끝이 났다. 마지막으로 릴레이 달리기가 남았다. 1학년부터 6학년까지 선발된 선수들이 바통을 터치하며 반 바퀴씩 달리고 마지막은 선생님이 한 바퀴를 달리셨다. 나나 오빠는 달리기를 썩 잘하지 못했기 때문에 선수로 선발되지는 못했다. "탕"하는 총소리에 맞추어 경기가 시작되었다. 1학년 아이들은 열심히 달렸고, 차이를 벌리지 못한 체 2학년에게 바통이 전달되었다. 3학년, 4학년, 5학년 그리고 6학년 오빠들이 달렸다. 정말 빨랐다. 순식간에 격차가 벌어지고 선생님들에게 바통이 전달되었지만 결국 청팀의 승리였다. 이렇게 해서 최종 우승도 청팀이었다. 이후에도 매년 있는 운동회는 늘 청팀의 승리였다. 백팀이 승리할 적이면 나는 백팀이 아닌 청팀이었다.

시작할 때처럼 학년별, 반별로 대열을 맞추어 섰다. 다시 국민체조를 시작했다. 교장 선생님은 이긴 팀에게 상을 주셨고 만세 삼창을 시키셨다. 우리는 박수를 치라고 하셨다. 분명히 우리는 졌지만 다 같이 노력한 것에 의의가 있다고 하셨다. 이기고 싶었고 목이 터지라 응원했다. 아쉬웠지만 그래도 달리기 2등은 연필세트를 선물로 받았다. 그것에 만족했다. 교가를 부르고 운동회가 끝났다. 우는 친구들도 있었지만 나는 오빠와 함께 졌다고 생각하니 조금은 기분이 좋았다. 집으로 돌아와 씻고 옷을 갈아입었다. 엄마에게 운동회에서 있었던 일을 이야기하느라 정신이 없었다.

오빠는 늦게 집에 들어오더니 자기는 기마전에서 이겼는데 내가 콩주머니 던지기를 못해서 졌다고 놀렸다. 어떻게 보면 맞는 말이었다. 그래서 아무 말도 할 수가 없었다. 가끔 올림픽경기나 월드컵을 볼 때도 내가 보면 항상 졌다. 이상하게도. 정말 나 때문에 졌나 싶었다.

공휴일

　　내게 어린이날은 큰 의미가 없었다. 5월에는 내 생일이 있어서 언제나 어린이날 선물과 같이 받았다. 그리고 곧 어버이날도 있었기 때문에 선물을 사드리기 위해 돈을 모으고 카네이션을 만드는 데 집중했다. 하지만 어린이날은 빨간 날이었고 아빠가 회사에 가시지 않는 날이었다. 그것은 큰 의미가 있었다. 아빠는 평일에는 거의 보지 못했다. 아침 일찍 출근하셨고 밤늦게나 되어야 집에 들어 오셔서, 비몽사몽 아침에 인사하며 보는 게 전부였다.

　　이런 일도 있었다. 오빠가 어릴 적 텔레비전을 보며 아빠가 돌아가셔서 울고 있는 아이들이 나오는 장면을 보며 엄마께 물었다고 한다. 아빠가 돌아가신 게 슬픈 일이냐고. 아빠의 얼굴을 자주 보지 못해 존재 자체를 잊어버린 오빠였다. 엄마는 너무 놀라 오빠에게 설명을 해주셨다.

오빠가 먹고 있는 음식, 입고 있는 옷, 우리가 사는 집이 아빠가 열심히 일하시기 때문에 얻어지는 것이라고. 그때부터 오빠도 아빠에 대한 생각이 바뀌었는지 그런 말을 다시는 하지 않았다고 했다. 내가 기억하는 아빠의 모습은 오빠가 기억하는 모습과는 조금 달랐다. 평일에 보지는 못해도 전화는 할 수 있었다. 전화기 너머 아빠 목소리가 들리고, 아빠는 노래를 불러 달라고 하셨다. 내가 아는 동요를 불러 드리면 아빠는 웃으셨고, 내가 아빠를 기분 좋게 해드렸다는 것이 날 더 기쁘게 했다. 오빠가 커가면서 아빠는 더 의젓하고 남자다운 맏아들이기를 바라셨고, 그에 반해 나에게는 여성스럽고 애교 많은 막내딸을 원하셨다. 그래서인지 아빠는 오빠가 날 괴롭혀서 내가 울고 있으면 오빠만 혼내셨다. 오빠가 첫째이기 때문에 더 책임이 크다고 하셨고, 더 잘못이 있다고 하셨다.

아빠에게 꾸지람을 들을 때면 오빠는 훌쩍훌쩍 울기 시작했고, 그 모습을 보고 남자가 운다고 더 크게 혼을 내셨다. 그런 오빠를 보며 잘됐다는 생각보다는 안 됐다는 생각을 했다. 나에게도 잘못이 있다고는 생각하지 않았지만 오빠가 우는 모습은 내 마음을 아프게 했다. 한편으로는 아빠가 안 계실 때 돌아올 오빠의 보복이 두렵기도 했다. 그래도 나는 아빠가 집에 계시는 공휴일이 좋았다. 아빠가 언제나 내 편인 것만 같았고, 오빠도 나를 덜 괴롭혔기 때문이었다. 엄마는 오빠에게 항상 더 큰 것을 챙겨주시고 오빠 편인 것 같았지만, 아빠는 아니었다. 어딜 가도 날 챙겨주셨고, 아빠의 무릎 위는 항상 내 자리였다.

일요일이면 아빠는 침대와 한몸이 되어 있는 시간이 길었지만, 오늘은 작은 아빠의 가족들과 함께 올림픽공원에 가자고 하셨다. 내일 학교에 가서 어린이날 무얼 했나 이야기를 할 때 나도 할 이야기가 생겨 기뻤다. 내일이면 분명히 어디 갔다 왔다, 무엇을 했다고 이야기하는 시간이 있고 자랑하는 친구들이 있을 것이었다. 우리 네 식구는 차를 타고 올림픽공원으로 향했다. 5월 초의 날씨는 매우 맑음이었다. 많은 사람이 휴일을 맞이해, 가족 단위로 나와 놀고 있었다. 일찌감치 출발해서 그런지 아직 돗자리를 펼 공간이 있었다. 사촌 동생들이 도착하고 우리는 잔디밭 위에서 뛰어놀았다. 얼음 땡을 하기도 하고 공놀이를 하기도 했다. 넓은 공간만 있으면 무엇을 하든 시간을 보낼 수 있었다. 어른들은 돗자리에 앉아 이야기하셨다. 나는 잠시 쉬려고 아빠 뒤에 슬그머니 앉아 신발 끈을 고쳐 매고 있었다. 순간 나는 듣지 말아야 할 말을 듣게 되었다.

"그래도 아들이 최고지. 딸이야 시집가면 그만인걸."

내 편이라 굳게 믿었던 아빠의 말씀이었다. 나는 내 귀를 의심했지만 틀림없는 아빠의 목소리였고 그다음 대화는 들리지도 않았다. 애써 태연한 척하며 잔디밭으로 달려가 동생들과 하던 놀이를 계속했다. 할머니의 남녀차별도 그러려니 했지만, 아빠의 남녀차별 발언은 나에게 상처로 다가왔다. 아빠는 나를 혼내신 적도 없었고, 내가 노래를 부르고 춤을 출 때면 기뻐하셨다. 무뚝뚝한 오빠보다 나를 더 좋아하신다고 생각했었다. 그런데 아니었나 보다. 오빠는 아들이고 나는 딸이라서 오빠가 더 좋으

신가 보다. 자꾸 눈물이 날 것 같았지만 참았다. 그리고 생각하지 않으려고 애썼다. 내가 아빠의 말씀을 들었다는 걸 아빠가 아시게 되면 당황하실 것 같았다. 그래서 그냥 모른 척하기로 했다.

집에 돌아와 아빠는 오빠와 나를 씻겨 주셨다. 목욕물을 받아 우리 둘이 들어가 앉아서 놀고 이어 아빠가 들어 오셨다. 욕조의 물은 순식간에 넘쳐 흘렀다. 한참 누워계시던 아빠는 등을 밀어달라고 하시며 욕조 밖으로 나가 앉으셨다. 내가 등을 밀자 간지럽다고 하시면서 오빠보고 밀어 달라고 하셨다. 오빠는 힘을 주어 아빠의 등을 밀기 시작했다. 아빠는 시원하다고 하시며 흡족해하셨다. 나는 그 모습을 보며 소외감을 느꼈다. 아빠는 오빠를 먼저 씻겨 주시고, 오빠가 나가고 나를 씻겨 주셨다. 다 씻고 목욕탕을 나왔다. 오빠는 텔레비전을 보고 있었다. 엄마는 저녁상을 차리셨고, 아빠도 나와서 상 앞에 앉으셨다. 텔레비전에서는 어린 시절 부모님과 떨어져 세월이 흘러 다시 만나는 프로그램이 하고 있었다. 숟가락을 들고 아빠가 내게 말씀하셨다.

"너도 커서 엄마 찾아가야지."

"그래. 너 다리 밑에서 주워 왔잖아."

오빠가 낄낄대며 말한다. 나는 엄마를 바라봤다.

"엄마. 나 다리 밑에서 주워 왔어요?"

"응. 녹천교 다리 밑에서 호떡 팔고 있는 아줌마가 주셨어."

예전에도 몇 번 들었던 말이지만 갑자기 눈물이 쏟아졌다.

"거 봐. 넌 너희 엄마한테나 가."

오빠가 계속해서 놀렸다. 나는 밥이 넘어가지 않았다. 숟가락을 놓고 계속해서 울었다. 그래서 아빠는 오빠가 더 좋다고 하셨나 보다. 정말로 날 낳아주신 엄마는 따로 있나 보다. 평소 같았으면 이쯤 되면 엄마가 장난이라고 날 안아주셨었는데 오늘은 엄마도 동참하셨다. 정말 이 집에서 내 편은 없었다. 나는 엄마가 낳은 자식이 아니고 데려와서 길렀기 때문에 오빠보다 덜한 존재였다. 덜 소중하고 덜 예쁘고 덜 사랑하셨다. 밥을 안 먹겠다고 하고 베란다로 갔다.

"밥 많이 먹고 빨리 커야 엄마 찾으러 가지."

아빠가 말씀하셨고, 나는 배가 고팠기 때문에 일단 저녁을 먹었다. 오빠가 무슨 말을 계속했지만 들리지 않았다. 빨리 커서 어른이 되고 싶었다. 어른이 되어 저 프로그램에 나가서 친엄마를 찾아야겠다고 마음을 먹었다. 그리고 키워주신 값을 치르고 하루빨리 독립해야겠다고 생각했다. 거실에 돌아다니는 100원을 집어 방으로 들어왔다. 그리고 저금통에 넣었다. 이 저금통이 다 차면 엄마를 찾아 나서야겠다고 다짐했다. 내 친엄마는 오빠도 아들도 아닌 나만 사랑해 줄 것 같았다. 나의 엄마는 누굴까 상상하며 저금통을 제자리에 놓았다. 오빠가 날 괴롭히면 오빠가 아닌 나까지 같이 혼내시는 엄마도 이해가 갔다. 앨범 속에는 내가 갓난 아기일 때 사진도 있었고, 아빠와 매우 닮은 날 보면 의심할 만도 했지만 나는 그 이후 오랫동안 내가 친자식이 아니라고 생각했다. 처음에는 엄마, 아빠, 오빠 모두 미웠다. 나만 세상에 혼자인 것 같았고, 큰 상처를 받았다. 하지만 시간이 가고 내 생각은 바뀌었다. 친자식이 아닌 나에게 먹을 것과 입을 것을 주시는 것만도 감사한 일이라고 생각했다. 그래서인지 더 엄마, 아빠에게 사랑받으려고 노력했다. 오빠도 날 많이 괴롭히긴 해도 친동생이 아닌 나에게 많은 것을 뺏긴다 생각하면 억울할 만도 했다. 오빠에게도 잘해주려고 노력했다. 나에게는 슬픈 얘기였지만 가족은 이 말도 안 되는 장난으로 얻은 것이 더 많았던 것 같다.

봄
소풍

봄이 오면 새롭게 학기가 시작되어 새로운 반에 들어갔다. 작년에 친했던 아이와 같은 반이 되었으면 했지만 야속하게도 그렇지 않았다. 아쉬워할 것도 없이 다시 새로운 친구를 사귀고 금세 적응했다. 매일 가는 학교가 지루해질 때가 되면 한 번씩 교외로 소풍을 나갔다. 소풍날은 1년에 두 번밖에 없기 때문에 더 기다려지는 것 같다.

소풍은 하루지만 소풍날이 정해지면 많은 계획을 세운다. 무엇을 입을지, 누구와 짝을 할지, 돈은 얼마를 가지고 가야 할지. 친구들과 소풍 이야기를 하다 보면 하루가 금방 갔다. 최고의 인기 소풍지는 역시 놀이공원이었지만, 안전 등의 이유로 선생님들은 꺼렸다. 이번 여행지는 박물관이었다. 소풍 전날 새로 산 옷을 걸어 놓고 그 옷을 입을 생각에 설레서 잠도 설쳤다. 엄마는 평소보다 한 시간은 일찍 일어나서서 김밥 재료를 만드셨다. 엄마의 김밥에는 햄과 맛살이 없었는데, 다른 아이들 김밥엔 필수였다. 평소에도 햄은 우리 몸에 좋지 않다고 구경도 못 하게 하셨다. 오죽하면 오빠와 나의 소원이 스팸을 마음껏 먹는 것이었을까. 햄이 없는 대신 소고기가 들어가고, 시금치, 오이, 우엉, 단무지, 당근, 달걀, 버섯이 들어갔다. 다른 친구들은 내 김밥을 맛없다고 했고 나도 창피하게 느껴질 때도 있었다. 하지만 특별한 엄마의 김밥은 엄마의 사랑 때문인지 나에게는 맛있게 느껴졌다.

아침에 일어나 씻고 준비를 하며 김밥 꽁지를 하나씩 집어 먹었다. 엄마는 한번 김밥을 만드실 때면 10줄 이상 만드셨다. 아침에도 먹고, 점심에는 도시락으로 먹고, 저녁에 집에 와서도 남은 김밥을 먹었다. 그래도 질리지 않았다. 한 달 내내 먹어도 될 것 같이 맛있었다. 설레는 마음 때문인지 김밥을 급하게 먹어서인지 소화가 잘 안 됐다. 그래도 예쁜 새 옷을 입고 가방을 챙겼다. 가방 안에는 수첩과 볼펜, 지갑, 거울, 손수건을 넣었다. 그리고 평소보다 일찍 일어나 아빠 배웅을 했다.

"아빠. 안녕히 다녀오세요."

오빠와 나는 어느 때보다 더 공손히 인사를 한다.

"얘네 소풍 간대요."

엄마가 센스 있게 먼저 말해 주신다. 아빠는 그럼 그렇지라고 하시며 지갑을 꺼내 용돈을 주셨다. 오빠와 나는 용돈을 정기적으로 받지 않았다. 준비물이나 사야 할 것이 있으면 그때그때 받아 쓰는 편이었다. 반 친구들은 일주일 혹은 한 달에 얼마씩 받았지만, 대부분 받자마자 군것질로 돈을 다 써버리고 말았다. 그것을 아시는지 엄마는 우리에게 필요한 만큼만 맞추어 돈을 주시는 편이었다. 미술 시간에 1장에 20원 하는 도화지가 필요하다고 말하면 딱 맞추어 20원만 주셨다. 가끔 잔돈이 없을 때 지폐를 주셔서 거스름돈을 받으면 다른 유혹을 받게 되지만 엄마는 무서우리 만치 문구점 품목의 금액을 정확하게 알고 계셨다. 이런 엄마 덕에 우리에게 특별한 날 받는 용돈이란 너무도 소중한 것이었다. 세뱃돈에 집착하는 이유도 거기 있었다. 아빠에게 받은 용돈으로 마음까지 넉넉해진 우리는 가벼운 발걸음으로 등교했다. 운동장과 교문 앞에는 버스가 여러 대 주차해 있었다. 버스 앞에는 우리 초등학교 이름과 반이 쓰여 있었다. 버스의 위치를 한번 확인하고 교실로 올라갔다. 복도에서부터 아이들이 떠드는 소리가 들렸다. 못 보던 옷을 입고 예쁘게 꾸민 아이들은 잔뜩 기대에 부풀어 있었다.

나는 혜민이와 지원이와 셋이 친했기 때문에 버스 좌석이 고민이 되었다. 우리는 자리를 어떻게 앉아야 할지 이야기를 했다. 보통 짝을 지어 움직이기 때문에 한 사람은 혼자 움직여야 했다. 나는 혼자가 되고 싶지 않았다. 우리보다 조금 더 어른스러웠던 지원이는 자신이 혼자 앉겠다고 했다. 고맙기도 했고 미안하기도 했다. 선생님이 들어 오셨다. 선생님도 오늘은 캐주얼한 복장에 멋을 한껏 내고 오셨다. 선생님은 원래 앉는 짝 그대로 운동장에 가서 줄을 서라고 하셨다.

'원래 내 짝?'

내 짝은 반에서 조용한 편인 진수였다. 혜민이 짝도, 지원이 짝도 남자아이였다. 선생님은 여자끼리 혹은 남자끼리 짝을 앉히면 떠든다고 하며 남녀 짝을 선호하셨었다. 하지만 우리 반도 옆 반도 모두 남자아이가 더 많았기 때문에 남남 짝은 존재했지만 여여 짝은 존재하지 않았다. 우리는 조금 실망했지만 차라리 잘되었다는 생각이 들었다. 운동장으로 내려가 줄을 섰다. 선생님께 버스에는 마음대로 앉게 해 달라고 말씀드렸다. 아이들이 얼마나 들떠 있는지 이해한 선생님은 허락해 주셨다. 버스에 올라타 맨 뒤에 가서 앉았다. 버스의 뒷자리는 높아서 한눈에 아이들이 보이기도 했고, 가장 높은 위치에 앉았다는 생각이 들게 했다. 혜민이와 지원이도 내 옆자리에 앉았다. 선생님은 주의사항을 설명해 주셨다.

"버스가 출발하면 모두 벨트를 매고 움직이면 안 된다. 도착해서는 짝 맞추어 선생님 지시에 따라야 하고 절대 개인행동을 해서는 안 돼. 혹시 중간에 화장실이 가고 싶으면 선생님에게 먼저 말하고 다녀오고. 선생님한테 상비약이 있으니 아픈 사람은 말하렴. 버스에 내렸다가 버스를 찾지 못하면 박물관 관계자에게 말하면 찾아 줄 것이다."

선생님은 우리의 인원을 다시 한 번 체크하셨고, 드디어 버스가 출발했다. 혜민이는 선생님께 가서 대중가요 테이프를 틀어 달라고 부탁했다. 선생님은 기사 아저씨에게 부탁드렸고 얼마 지나지 않아 신나는 음악이 흘러나왔다. 우리는 노래를 따라 부르며 서로를 바라보았다. 저절로 미소가 지어졌다. 창밖을 바라보니 나무가 빠르게 지나갔다. 옆으로 다른 반의 버스가 지나갔다. 신나게 떠들던 아이들도 시간이 지나자 잠이 들었다. 흔들거리는 차 안에서 나도 어느새인가 잠이 들어 버렸다. 버스가 멈추자 눈이 떠졌다. 밖을 보니 박물관이 보였고, 아이들이 줄을 서고 있었다. 우리는 가방을 메고 버스에서 내렸다. 다시 진수와 함께 짝이 되었고 우리는 선생님을 따라 박물관 안으로 들어갔다. 몇몇 친구들은 일회용 카메라를 가지고 와 사진을 찍었다.

집에 있는 카메라는 무거워 챙겨오지 않았는데 후회가 되었다. 박물관에는 원시시대 유물부터 조선 시대에 이르기까지의 유물들이 전시되어 있었다. 책에서 본 토기도 있고 금제 왕관도 있었다. 친구들은 필기도구를 꺼내 무엇인가 열심히 적기도 했다. 원시인들은 돌을 이용해 동물을 잡기도 하고 요리 도구로 쓰기도 했다. 머리는 자르지 않아 길었고 동물의 가죽을 입고 신발도 신지 않았다. 집도 튼튼해 보이지 않는 움막집에 살았다. 내가 저곳에서 살고 있다는 상상을 해 보았다. 원시인들은 우리처럼 많은 단어를 사용하지 못했다고 한다. 그렇다면 몸짓으로 대화하고 밤에는 장작을 가져와 부싯돌로 불을 켠다. 불은 동물을 위협하기도 하고 추운 겨울 몸을 따뜻하게 해주기도 하고 음식을 익혀 주기도 한다. 밤에는 주변을 밝혀 주는 역할도 했다. 낮에는 열매를 따 먹기도 하고 동물을 사냥하기도 했다. 원시인들의 삶은 참으로 단순했다. 답답하기도 했다. 원시인들은 농사짓는 법을 알게 되면서 정착을 하고 살게 되었다. 농기구를 개발하다 보니 돌이 아닌 청동이라는 것도 개발하게 되었다. 농사지을 비옥한 땅을 확보하려다 보니 전쟁이라는 것도 생겨 무기의 발달로 철을 만들게 됐다. 선생님은 알기 쉽게 우리 생활의 발달에 대하여 설명해 주셨다.

엄마와 아빠는 옛날이야기를 많이 하셨다. 옛날에는 먹을 것이 없어서 길가에 진달래도 뜯어 먹고, 뽕도 따 먹었다고 하셨다. 쌀이 귀해 흰쌀밥은 구경할 수도 없어 보리밥을 주로 드셨고 고기 또한 귀한 음식이었다고 하셨다. 도시락을 싸오지 않는 아이도 많아서 학교에서는 아이들에게 옥수수빵을 나누어 주어 끼니를 때우게 했다. 예전에는 차도 없어 십리 길을 걸어 학교에 갔고, 가로등도 없어 어두운 산길을 달빛에 의지해 걷기도 했다. 운동화가 아닌 고무신을 신었는데 그런 고무신조차 없어 맨발로 다니는 아이도 있었다.

장작에 불을 붙여 가마솥에 밥을 짓고 온 식구가 한 곳에 담긴 밥을 먹었다. 전기도 없어 촛불을 켜고 공부를 했다. 대부분 자녀를 5명 이상 낳는데 백일도 안 되어 죽는 아이도 많았다고 하셨다. "옛날에는" 하고 말을 시작하시면 오빠와 나는 지겨워했지만 부모님은 늘 진지하셨다. 왜 그렇게 옛날이야기를 많이 하시는지 이해는 할 수 없었고 귀에 딱지가 앉을 정도였다. 하지만 부모님이 태어나시기 훨씬 이전 세대의 생활을 눈으로 직접 보니 지금 태어난 것에 감사할 따름이었다.

지금 생활이 얼마나 편안하고 풍족한지 새삼 깨닫게 되었다. 그 시절 내가 살았더라면, 지금 누리는 것이 없었을 거라고 생각하니 정말 숨이 막혔다. 한 끼만 먹지 않아도 배가 고픈데, 어떻게 물로 주린 배를 채울 수 있단 말인가.

학교와 집에서는 미래 생활에 대해 강조했다. 미래 과학 그림 그리기, 장래희망에 대한 글쓰기 등 앞만 보고 살아가게 했다. 과거에 집착하면 발전이 없다고들 했다. 하지만 과거가 있기에 현재가 있는 법이다. 과거 많은 사람이 노력한 결과물로 현재가 존재하는 것이다. 가끔은 뒤를 돌아보고 과거의 일에 대해 생각하고 현재에 감사하는 시간 또한 필요한 것 같다.

점심시간이 되어 엄마가 싸주신 김밥을 보았다. 언제나 우리 가족의 건강을 챙겨주시고 신경 써 주신 엄마께 감사한 마음이 들었다. 그래서 더 맛있게 김밥을 먹었다. 식사 후 자유시간이 주어졌다. 우리는 주변 상점에 가서 이것, 저것 둘러 보았다. 아이스크림을 사 먹거나, 기념품을 사는 친구들도 많았다. 막상 무엇인가 사려고 보니 아깝다는 생각도 조금 들었다. 이번에 아빠가 주신 용돈은 저금통에 넣어야겠다는 생각이 들었다. 무엇인가 사고 싶거나 목표가 있는 것은 아니지만 저금통이 무거워질수록 기분이 좋았다. 휴식시간이 끝나고 타고 온 버스를 타고 학교로 돌아왔다. 반 친구들 모두 피곤했는지 잠을 자느라 도착했는지도 몰랐다. 학교에 다다르자 비가 조금씩 내렸다. 어제 일기예보에서 저녁에 비가 온다고 했는데 그 말이 맞았나 보았다. 아침에 엄마가 우산을 챙기라고 말씀하셨던 게 생각이 났다. 나는 우산을 들고 다니는 것이 짐이 되어 그냥 나왔었다. 빗방울이 점점 굵어지는 걸 보니 후회가 되기 시작했다. 엄마는 산성비라서 비를 맞으면 머리가 빠진다고 맞지 말라고 하셨었다. 버스에 내리니 우산을 쓰고 있는 엄마들이 기다리고 계셨다. 우리 엄마도 계셨다. 엄마는 나를 보고는 내 쪽으로 뛰어오셨다. 엄마와 같이 우산을 쓰고 집으로 걸어 왔다. 집에 도착해 저금통에 아빠가 주신 지폐를 구겨 넣었다. 돈을 안 쓰길 잘한 것 같았다.

내 방, 집, 이 모든 환경에 다시 한 번 감사하며 이른 저녁부터 잠이 들었다.

아빠가
좋아했던
등산

　　일요일이 되면 새벽부터 아빠는 오빠와 날 깨
우셨다. 아침도 거른 채 비몽사몽 옷을 입고 차에 올라타면 아빠는 인근
산으로 가셨다. 잠속에 잠까지 방해받은 오빠와 나는 예민했다. 일요일이
면 늦잠도 자고 싶고 집에서 만화영화도 보고 싶은데, 아빠는 허락하지
않으셨다. 차만 타면 싸우던 우리도 가는 동안 조금 더 자려고 눈을 붙
였다.

　　집 주변에는 산이 많았다. 불암산, 수락산, 도봉산, 북한산 등이 있었
다. 나중에 안 사실이지만 이 산들은 높고 험하기로 유명하다고 했다. 내
가 이 산들을 정상까지 갔다고 선생님께 말한 적이 있는데 거짓말이라고
단정 지으셨다. 아빠는 가장 앞서서 산을 오르셨다. 그다음은 오빠, 그다
음은 엄마와 내가 뒤를 따랐다. 엄마의 배낭에는 물통과 오이, 사과 등이

있었지만, 아빠는 먹을 틈도 안 주시고 위로 올라가셨다. 산에 올라가는 것은 너무 힘이 들었다. 아빠의 한걸음은 내게는 두 걸음이고, 세 걸음이었다. 아빠는 신기한 나무나 식물이 있으면 멈춰서 우리가 올라올 때까지 기다리셨다. 그러다가 우리가 도착하면 "이것 좀 봐"라고 한마디만 하시고는 다시 전진하셨다. 그러면 우리는 쉬지도 못하고 가던 길을 계속 가야 했다. 운이 좋으면 산딸기도 발견해 먹기도 했지만 정말 운이 좋을 때지 자주 있는 일은 아니었다. 너무 힘들면 바위에 앉아 쉬었다 가기도 했지만 오래 쉴 수는 없었다. 위에서 우리의 이름을 부르시는 아빠의 목소리가 들렸기 때문이다.

가파른 산길은 나무에 의지해서 올라가는데 길의 중간에 심어진 나무들은 사람들의 손길이 많이 닿아 반질반질했다. 나뭇잎에 가려서 햇볕이 따갑게 비추지는 않았고 오히려 바람에 시원했지만, 그것도 잠시 쉴 때뿐 산을 오를 때는 더워서 땀이 났다. 가끔 나무에서 새가 지저귀고 다람쥐가 나를 쳐다봤다. 귀여운 다람쥐를 볼 때면 힘든 것도 조금은 잊어버렸지만, 다시 올라가야 할 때면 힘이 들어 한숨이 나왔다. 아빠께 그만 가자고 졸라봤지만 조금만 더 가면 정상이라고 하셨다. 산에서 내려오시는 어른들도 조금만 더 가면 된다고 힘내라고 하셨다. 조금만, 조금만의 의미는 뭐였을까.

개울에 물이 흐르는 소리가 들렸다. 조그만 약수터였다. 얼른 달려가 목을 축였다. 산에서 마시는 물은 냉장고에 있는 물처럼 차가웠고 맛이 좋았다. 집에서는 결명자차, 치커리 차, 둥굴레차 등 엄마가 매일 물을 끓여 주시기 때문에 맑은 생수를 마실 기회가 있으면 언제나 마음껏 마셔 두었다. 세수도 하고 손도 씻었다. 물이 차가워서 오랫동안 손을 담글 수는 없지만 땀을 말끔히 씻어낼 수 있었다. 휴식은 잠시뿐 다시 산을 올랐다. 오빠는 아빠를 따라갈 속도는 아니었지만 빠른 속도로 산을 탔다. 나는 힘이 들어서 가기 싫다고 떼를 쓰기도 했고, 더 올라가지 않겠다고 버티기도 했다. 하지만 오빠는 묵묵히 위로 향했다.

아빠를 뒤따라 산을 올랐다. 이렇게 힘든 걸 왜 하나 싶기도 했다. 어느 정도 높이 올라가자 밧줄을 잡고 올라가는 코스가 나왔다. 그래도 이 부분은 내가 재미있어 하는 것이었다. 밧줄을 잡고 가파른 바위 위를 올라갔다. 내려오는 사람들과 양보를 하면서 올라갔다. 아빠는 먼저 올라가 내 손을 잡아 주셨고, 엄마도 뒤에서 날 지켜봐 주셨다. 앞사람이 밟는 위치 그대로 밟아 올라갔다. 산길을 걸어서 오르는 것보다 암벽등반을 하는 것은 힘도 덜 들고 재미있기까지 했다. 아래를 내려다보면 아찔했지만 발아래 올라오는 사람들을 보면 뿌듯했다.

지금 생각해 보니 그것이 내가 놀이기구를 무서워하지 않고 잘 타는 이유였던 것 같다. 바위를 올라가니 드디어 정상에 도착했다. 정상에는 많은 사람이 있었다. 산을 오르는 동안에는 사람이 많지 않았는데 이곳에 다 모여 있는 듯했다. 신기하게도 정상에는 컵라면이나 물을 파는 아저씨도 계셨다. 어떻게 올라오셨는지 미스터리였다. 아빠는 오빠와 내 손을 잡고 산 아래가 훤히 내려다보이는 바위로 올라가셨다.

"야호!"

"야호!"

신기하게도 반대편에서 아빠의 음성이 메아리쳤다.

"너희도 한번 해 봐."

"야호!"

오빠와 나는 아빠가 하신 그대로 소리를 쳤다. 여기저기서 야호를 외치는 사람들이 많아서인지 우리의 목소리는 돌아오지 않았다. 몇 번을 더 해봐도 메아리는 없었다. 아빠와 엄마는 바위에 걸터앉아 경치를 보셨다. 산 아래 있는 자동차는 정말 작았다. 사람들은 거의 보이지도 않았다. 그 높은 아파트들도 내 발아래 있었다. 산 정상은 시원하다 못해 싸늘하기까지 했다.

엄마는 배낭에서 미리 챙겨오신 내 잠바를 꺼내 입혀 주셨다. 그리고 남은 오이와 과일을 먹으며 이야기를 했다. 아빠는 산을 오를 때는 힘들어도 정상에 올랐다는 기쁨 때문에 오르는 것이라고 하셨다. 나는 기쁨은 잠시고 어차피 다시 내려갈 것을 왜 오르냐고 반문했다. 등산이란 것이 인생과 비슷해서 올라가면 내려오기도 해야 한다고 하셨다. 올라가는 것이 힘들어 포기하고 싶을 때도 있지만 끈기 있게 계속 오르면 정상에 도달하게 된다. 그리고 정상에 계속 있을 수만은 없어서 내려오기도 해야 한다고 하셨다. 내려가기는 올라가기보다 쉽고 빠르지만 정상의 기쁨을 간직할 수 있어서 중도 포기하는 것보다 낫다고 하셨다. 나는 그냥 아빠가 가자고 하셔서 온 것뿐이고, '조금만, 조금만'에 속아 정상까지 올라온 것이었다. 이해할 수 없는 말만 하시는 아빠였기에 더는 말을 하지 않았다. 아빠는 오빠와 내 손을 잡고 산에서 내려가시기 시작했다. 산에서 내려가기는 정말 쉬웠다. 땀이 나지도 않았고, 아빠가 손을 꼭 잡아주시니 넘어지지도 않았다. 올라가는 시간의 3분의 1 정도로 짧은 시간에 산 아래로 내려왔다. 산에 올라갈 때는 많은 상점이 문을 닫았었는데, 내려와서 보니 다 문을 열고 있었다. 고소한 냄새가 솔솔 나서 옆을 보니 번데기 냄새였다. 아빠는 번데기와 다슬기를 한 컵씩 사주셨다. 오빠는 번데기를 맛있게 먹는 나를 보고 웃었다.

"야. 번데기가 뭔 줄 알아? 누에고치야. 벌레라고. 킥킥킥"

다슬기를 입으로 쭉 빨아먹고 껍데기를 던지며 말했다. 나는 순간 먹는 것을 멈추고 아빠를 바라보았다. 아빠는 끄덕끄덕하셨다. 한참을 망설이며 번데기를 바라보았다. 이것이 정말 벌레란 말인가. 이렇게 고소하고 맛있는 것이. 나를 제외한 우리 가족 모두 그런 날 보며 웃었다. 조금은 징그럽다는 생각이 들었지만 메뚜기도 먹은 나였다. 그냥 먹기로 했다. 엄마, 아빠는 그런 날 보고 또 한 번 웃으셨다. 갈 때는 가기 싫어 투정을 부렸지만, 올 때는 가족 모두 웃고 있었고, 어느 때보다 밥맛도 좋았다.

어릴 적부터 오빠가 하는 것은 무엇이든지 하고 싶었다. 오빠가 처음 안경을 썼을 때, 나도 그 안경이 너무 써보고 싶어 몰래 써 보았다. 오빠가 잠을 자거나 씻으러 화장실을 간 사이 안경을 쓰고 거울을 보았다. 안경을 쓴 오빠는 똑똑해 보였고, 거울 속의 나도 그런 것 같았다. 그러다 내 눈이 나빠져 나도 안경을 쓰게 되었다. 안경을 처음 맞추는 날 내 뒤에서 엄마가 눈물을 흘리셨다. 엄마의 눈이 나빠 오빠와 내가 안경을 쓰는 것이라고 하셨다. 하지만 나는 오빠처럼 안경을 쓴다는 것이 기뻐서 크게 신경 쓰지 않았다. 좋은 것이든 나쁜 것이든 오빠가 하는 것은 무엇이든지 따라 했다. 오빠가 책을 보면 나는 그 책이 무슨 말인지 이해를 못 해도 따라 읽었다. 오빠가 캠프에 가면 나도 가겠다고 해서 초등학생만 가는 캠프를 유치원생인 내가 가기도 했다.

학년이 올라가자 어느 순간부터 오빠는 혼자 목욕을 했고, 나도 엄마나 아빠가 씻겨 주는 것을 거부했다. 따라 하기도 했지만 나는 오빠가 혼나는 일만은 하지 않았다. 오빠가 받아쓰기를 잘 못 해서 엄마에게 혼나면 나는 받아쓰기에서 높은 점수를 받아와 칭찬을 받았다. 오빠가 버섯이 싫다고 먹지 않으면 나는 온갖 채소를 다 씹어 먹으며 칭찬을 받았다. 오빠가 방학숙제를 하지 않으면 나는 얼른 방학숙제를 끝내 엄마에게 가지고 가서 칭찬을 받았다. 이것은 내 지기 싫어하는 성격이나 욕심 때문만은 아니었다. 가장 가까웠고 가장 대단해 보였던 오빠를 뛰어넘는다는 성취감 때문이었다. 오빠는 내가 아무리 나이를 먹어도 그대로 오빠였고, 오빠가 하는 것은 뭐든 좋아 보였다. 하지만 그래서 오빠는 날 얄밉게 생각했고, 괴롭혔던 것 같기도 하다.

오빠는 4학년 때 보이스카우트에 들어갔다. 무엇인지는 모르겠지만 파란 제복을 입고 가슴에 배지를 찬 모습이 멋있어 보였다. 나도 오빠와 같은 것을 하고 싶었지만, 우리 학교에서는 4학년부터만 할 수 있었다. 나는 4학년이 되자마자 걸스카우트에 들어갔다. 엄마는 사촌 언니가 입었던 고동색 걸스카우트 복을 구해 오셨고, 나는 신이 나서 입어 보았다. 3년을 입을 것이라 조금은 치마가 컸지만 나는 만족했다. 걸스카우트에 들어가면서 수련회장, 야영장에 많이 다녔고 당일치기로 산에 다녀오기도 했다. 보통은 미션을 수행하여 대별로, 보별로, 또는 개인별로 점수를 매겨 상을 주었다. 보별로 다니면서 제한 시간 내에 더 많은 게임에 성공해야 했다. 한강 둔치에서 퀴즈, 줄넘기, 물풍선 던지기, 림보 등을 하기도 했고, 학교 내에서 응급처치하는 여러 가지 방법을 배우고 붕대를 감거나, 길을 잃었을 때 나침반을 보는 법 등을 배우기도 했다.

수련회장에 가면 담력훈련으로 어두운 산에 깃발을 꽂고 오는 것도 했는데 교관 선생님들은 시작하기 전에는 꼭 무서운 이야기를 들려주었다. 캠프파이어 시간에 촛불을 켜놓고 부모님 이야기를 해서 우리를 울리기도 했다. 몇 가지 레퍼토리는 매년 반복되니 고학년들은 잡담하며 시간을 보내기도 했다.

이번 주에는 등산을 간다고 했다. 거의 매주 아빠에게 시달리는데 또 등산이라니. 나는 빠지고 싶었지만 참가 후에는 띠에 다는 증표를 주는데, 그것이 띠에 많을수록 부러움의 대상이었기에 빠질 수 없었다. 목적지는 아빠와 매주 가던 산 중 하나였다. 산에 올라가며 중간중간에 서 있는 선생님들 앞에서 구호를 외우고 노래를 외워서 부르는 것이었다. 가위, 바위, 보를 해서 먼저 올라가는 팀을 뽑았다. 우리는 운 좋게도 두 번

째 팀에 뽑혔다. 산을 오르는 것은 나에게 식은 죽 먹기였다. 친구들과 언니들 모두 힘들어 중간에 쉬었지만, 이 정도는 나에게 아무것도 아니었다. 빠르게 올라가는 아빠와 오빠를 뒤쫓아 가다 보니 어느새 내 체력도 좋아졌나 보다.

빨리 더 빨리를 외치며 올라갔고, 어느새 정상에 올라와 퀴즈를 풀었다. 우리 팀은 좋은 성적을 내었다. 정상에 올라와서도 아이들은 지쳐서 숨을 거칠게 몰아쉬었지만, 나는 땀조차 나지 않았다. 아빠와 함께 오르는 속도보다 훨씬 천천히 올라오니 힘들지도 않았다. 다들 그런 나를 이상하게 생각했다. 나도 기분이 이상했다.

아주 조금, 아주 조금은 아빠가 왜 매주 가기 싫다는 우리를 억지로 산에 이끌고 가시는지 알 것 같았다.

아주 조금은…….

설날
풍경

　　　　　　　　설날은 연중 기다려지는 행사 중의 하나였다. 세뱃돈을 받는 날이었고 그 돈으로 평소에 사고 싶은 것을 살 수 있었다. 우리 가족은 늘 빨간 날 하루 전날 출발을 했다. 엄마는 막히는 차 안에서 먹을 다과를 준비하셨다. 오빠와 나는 뒷자리에 앉아서 음악을 들었다. 오빠는 내 무릎을 베고 누웠다. 나도 누워서 가고 싶은데 오빠가 먼저 누워 버려서 참았다. 다리가 저려왔다.

"오빠. 나 다리 아파. 인제 그만 앉아서 가."

"싫어."

"나도 힘들단 말이야."

"그건 내가 알 바 아냐."

"왜 맨날 오빠는 오빠만 생각해?"

"그럼 내 생각하지 누구 생각하겠니?"

점점 언성이 높아졌고, 우리는 다투기 시작했다. 어째서 오빠는 자기 편한 대로만 하려고 할까. 나보고 억울하면 먼저 태어나지 그랬느냐고 했다. 억울했다. 엄청 억울했다. 내가 먼저 태어나지 못해서 억울한 적이 살면서 백번은 넘는 것 같다. 내가 동생이라 참고 견디는 것도 훨씬 더 많았다. 그래도 오빠가 있는 게 없는 것보단 낫다고 생각했었고, 그렇기 때문에 괴롭힘을 당해도 어쩔 수 없다고 생각했다. 하지만 억울한 것은 어쩔 수 없었다. 떡국을 한 그릇 먹으면 한 살 먹지만, 두 그릇을 먹는다고 두 살을 먹을 수는 없었다. 어쩔 수 없는 것을 잘 알고 있었다. 그래도 화가 났다. 나도 힘든데 본인만 편하자고 날 더 힘들게 하는 것은 잘못된 것이 분명했다. 나는 계속해서 오빠의 말도 되지 않는 억지에 대답했다. 왠지 말을 하지 않으면 오빠한테 지는 것 같았다. 이 상황에서 지고 싶지는 않았다. 이대로 있다가는 내 다리가 마비될 것 같았다. 말다툼은 계속 이어졌다.

"너네는 눈만 뜨면 싸우니! 그만해!"

차가 많이 막혀 운전하느라 피곤하신 아빠도, 아침부터 분주하게 짐을 싸고 준비하신 엄마도 예민한 상태였다. 나는 더 말을 하지 않기로 했다. 오빠도 일어나 앉았다. 우리는 앞을 보며 아무 말 없이 갔다. 눈을 떠보니 도착해 있었다. 할머니 댁에도 눈이 많이 와 온 세상이 하얗게 뒤덮여 있었고, 처마 밑에는 고드름이 길게 달려 있었다. 백구가 달려 나와 우리를 맞아 주었다. 나는 무서워 아빠 손을 잡고 들어갔다. 할머니는 우리가 앉기도 전에 이것, 저것 음식을 꺼내 오셨다. 오는 길이 힘들었겠다고 많이 먹으라고 하셨다. 시골에서는 젓가락이 짝이 맞지 않는다. 언제인가 엄마에게 여쭤 보았다. 왜 짝이 맞지 않는 젓가락밖에 없느냐고. 집에서처럼 짝이 맞는 젓가락으로 먹고 싶다고. 굵기도 다르고 길이도 다르고 무늬도 다른 두 개의 젓가락으로 집어 먹기란 여간 힘든 일이 아니었다. 엄마는 그럴 때마다 그냥 먹으라고 말해 주셨지만, 나는 왜 그래야 하는지를 알고 싶었다. 하지만 원하는 답을 들을 수 없었고, 하는 수 없이 생김새가 다른 두 개의 젓가락을 사용하여 음식을 먹었다. 그래서인지 시골에서 먹는 음식은 나에게 뭐든지 맛이 없었다. 젓가락을 놓고 가만히 앉아 있었다.

할머니는 옛날 사람이기 때문에 남아선호사상이 박혀 있는 분이 셨고, 나보다는 아빠나 오빠의 입으로 음식이 들어가는 것을 더 즐거워하셨다. 내가 아빠 무릎에 앉아서 있으면, 아빠 힘드니 저리 가라고 호통을 치셨고, 부엌에서 전을 하나 집어 먹고 있어도 오빠 갖다 주라고 하셨다.
자고 일어나 이불을 개고 앉아서 놀고 있으면 오빠가 자고 일어난 이불까지 개라고 하셨으니, 할머니에 대한 기억이 좋을 리 없었다. 나에게는 사촌오빠 세 명과 사촌 남동생 두 명, 여동생 두 명이 있었다. 명절이 되어 사촌들과 만나면 오랜만에 이야기도 하고 동네 구경도 하며 재미있게 놀았다. 보통은 여동생 두 명과 함께 셋이 방안에서 공기도 하고, 무서운 이야기도 하며 시간을 보내지만 남자들의 공격으로 우리의 아지트도 금세 사라지고 만다. 아빠는 작은 아빠와 바둑을 두시고, 할머니와 며느리들은 화투를 쳤다. 우리는 한 명씩 옆에 앉아 개평을 받았지만, 승자는 늘 할머니셨다. 그렇게 밤이 깊어 갔다.

명절 당일 아침은 굉장히 분주했다. 새벽 5시부터 엄마들은 일어나 음식 준비를 하셨다. 우리는 그 소리에 잠에서 깨서 일어나 수다를 떨었다. 간밤에 잠자리에 대한 이야기부터 시작해서 친구들 얘기까지 끊임없이 이야기했다. 오빠들이 일어나 화장실이 붐비기 전에 우리는 얼른 씻고 나와 한복을 갈아입었다. 동생들의 머리는 내가 만져 주었다. 세미의 머리를 땋고 묶는 것을 많이 했던 터라 참 재미있었다. 두 명의 여동생의 머리를 만져 주고 나면 남자들이 일어나 씻기 시작했다. 일어난 지 시간이 좀 지나자 배가 고프기 시작했다. 어슬렁거리며 부엌으로 가면 엄마가 잡채를 조금 덜어서 주셨다. 엄마의 음식은 언제 먹어도 맛이 있었다. 할머니는 시장에서 사 오신 새 양말을 주셨다. 남자들은 검은색과 하얀색 양말이었고 여자들은 꽃무늬 양말이었다.

어른들은 옷을 잘 차려입고, 상을 차리셨다. 차례상 위에는 많은 음식이 올라갔다. 밥, 고깃국부터 고기, 생선, 과일, 전, 나물 등 상다리가 부러질 지경이었다. 여자들이 한 음식이 상 위에 잘 차려지면, 남자들은 지방을 써서 붙이고 서열에 맞게 섰다. 할아버지가 상 앞에 서는 것이 차례의 시작을 의미했다. 여동생들과 나도 맨 뒤에 섰다. 할아버지가 먼저 상 앞에 앉으셔서 술잔에 술을 받으셨다. 술잔을 향 위에 한 번 돌리고 큰아버지는 그 잔을 받아 상위에 놓으셨다. 젓가락을 꺼내 상을 세 번 치고 고기 위에 얹으시고 숟가락을 밥에 꽂으셨다. 절을 하라는 신호에 다 같이 두 번 절을 했다. 다음은 큰아버지가 가운데로 나오셔서 술잔을 받으셨다. 우리는 뒤에서 속닥속닥 잡담을 시작했다.

"청바지에는 검은 양말 신는 거 아니다. 그게 뭐니."

"나도 배고픈데, 혼자 잡채 먹었다며."

"작은 아빠 절할 때 뒷모습 진짜 보기 싫다."

"조용히 안 해!"

큰아버지가 소리치셨다. 우리는 깜짝 놀라 다시 조용해졌다.

"네가 시작했잖아."

"아니다. 네가 먼저 발을 밟았다."

다시 한 번 큰아버지의 따가운 눈초리를 받았다. 차례를 지내는 것은 우리에게 매우 지루한 일이었다. 가만히 서서 절을 하는 것을 지켜보고, 따라서 절을 하고. 별것 아닌 것 같지만 거의 한 시간 동안 진행되었다. 이 많은 음식을 전날부터 준비했으니 실제로는 더 긴 시간 동안 차례를 하는 셈이었다. 절을 열 번 정도 하고 난 후에 끝났는지 어른이 방을 나가셨다. 우리는 부엌에서 바구니를 얻어와 과자를 먼저 담았다.

한과, 약과와 동그란 사탕, 네모난 젤리는 슈퍼조차 없는 시골에서 우리에게 귀한 음식이었다. 어른들이 식사하시는 동안 과자를 먹으며 앉아 있었다. 식사를 끝내시면 다음엔 엄마들과 우리가 먹는 차례였다. 잡채도 한 접시 먹고, 과자도 먹어서 우리는 배가 고프지 않았다. 엄마들이 식사를 끝내시고 상을 치우셨다. 설거지하시는 동안 우리는 세뱃돈에 대한 이야기를 했다. 우리의 최대 관심사는 세뱃돈이었다. 누가 얼마를 주실지, 총 얼마가 될지, 그 돈으로 무엇을 할지에 대한 고민을 시작했다. 일 년에 두 번 있는 명절 중에 추석보다 설날이 기다려지는 이유이기도 했다. 대식구의 식사 후 설거지는 오래 걸렸다. 가슴이 두근거렸다. 드디어 물소리가 끝나고 엄마가 방문을 열고 들어오셨다.

"엄마 세배 언제 해요?"

"글쎄. 아빠께 여쭤 보렴."

방문을 열고 얼굴을 내밀어 상황을 보았다. 어른들은 텔레비전에서 하는 쇼프로그램을 보고 계셨고, 아빠는 쇼파 위에 누워 주무시고 계셨다. 늘 이 시간이 가장 싫었다. 누구 하나 나서서 세배하자고 하지 않았지만 모두 누군가 나서길 바라는 상황이었다. 분명히 오빠들도 세배하기를 기다리는 눈치였다. 우리는 막내를 내세우기로 했다. 가장 어린 동생이 세배하자고 어른들께 이야기했다. 누워있던 어른들이 귀찮은 듯이 슬금슬금 움직이셨다. 이때 나도 아빠께 달려가서 손을 잡아끌었다.

"아빠. 세배받으세요."

"어……할머니 어디 계시니……."

비몽사몽 간에 딸의 부탁을 위해 눈을 뜨셨다.

"할머니 찾아볼게요."

나는 집 밖에 나와 이곳, 저곳 돌아다녔다. 할머니는 광에서 분주히 무엇인가 하고 계셨다.

"할머니 세배받으세요."

"오냐."

할머니는 정리하시고 집 안으로 들어 오셨다. 우리는 서로 쳐다보며 입가에 미소를 띠었다. 할머니는 장롱으로 가서서 두둑한 봉투를 꺼내 오셨고, 우리는 어른들을 다 모셔왔다. 할머니와 할아버지가 먼저 앉으시고, 큰아버지부터 절을 하셨다. 그다음에 우리 아빠, 엄마가 같이 절을 하셨고, 작은 아빠와 고모들까지 차례대로 절을 했다. 할아버지와 할머니는 장성한 아들과 딸을 보며 흐뭇해하셨고 만 원씩 꺼내 주셨다. 그다음은 오빠들과 남동생들의 차례였다. 할머니는 크게 웃으시며 흡족해하셨고, 자식들에게 준 것과 같이 손자들에게도 만 원씩을 주셨다. 드디어 내 차례가 되었다. 나는 여동생들과 함께 서서 절을 했다.

"새해 복 많이 받으세요."

셋이 나란히 절을 했고 할머니께 다가가 앉았다.

"그래. 공부 열심히 하고 부모님 말씀도 잘 들어라."

할머니는 봉투에 손을 넣어 돈을 꺼내셨다. 그런데 돈은 초록색이 아니고 붉은빛을 띠었다. 세종대왕이 계셔야 할 종이에는 이황 선생님이 계셨다. 우리는 돈을 받아 들고 방으로 돌아왔다. 그리고 각자 엄마의 품에 안겨 울음을 터뜨렸다. 내가 먼저 우니 동생들도 따라 울기 시작했다. 나보다 어린 남동생도 만 원을 받았는데, 왜 딸이라고 천 원을 주실까. 오빠들보다 적게 받는 것은 이해할 수 있지만 나보다 어린 동생보다 적게 받았다고 생각하니 억울했다. 안 그래도 아침부터 할머니의 차별에 예민해 있었는데. 내가 잔 이불 예쁘게 개어 놓고 정리했는데, 오빠들이 잔 이불까지 정리하라고 하셔서 그것까지 했는데. 서럽고 분해서 눈물이 계속 나왔다. 어른들은 박장대소하며 우는 우리를 보고 웃으셨고, 할머니도 재미있는지 웃으셨다. 그런 할머니가 더 미웠다. 엄마는 할머니께 너무 하셨다고 말씀하시며 웃으셨고, 아빠는 연초부터 재수 없게 우는 거 아니라고 혼내셨다. 하지만 눈물이 멈추지를 않았다. 이런 대접이 계속되어왔기에, 이전에 섭섭했던 감정들이 다 올라왔다. 할머니는 삼만 원을 꺼내 우리에게 나누어 주셨고, 우리는 눈물을 그쳤다.

"너희가 오빠보다 더 받은 거여. 만 원 받고 천원도 받았잖여."

순식간에 웃음바다가 되었다. 여동생들도 웃었고, 나도 웃었다. 그래도 할머니가 왜 나를 미워하시는지 이해할 수가 없었다. 남자와 여자가 다른 것이 무엇인지, 왜 여자보다 남자를 더 선호하는지 알 수가 없었다. 아빠와 엄마는 오빠와 내가 똑같이 좋다고 하셨었다. 내가 느끼는 차이는 분명히 존재했지만 그래도 똑같다고 말씀하셨다. 나중에 자식을 낳으면 나는 똑같이 사랑하리라 마음을 먹었다. 화기애애한 분위기 속에 세배를 모두 마쳤고, 우리는 돈을 가지고 모였다. 역시 나이순대로 받은 돈이 달랐다. 내가 좋아하는 세미의 옷을 살 생각에 기뻤다.

엄마들은 잠깐의 휴식을 한 후 점심 준비를 시작하셨다. 명절에 대식구의 끼니를 챙기는 것은 쉬운 일이 아니었다. 점심 메뉴는 떡만둣국이었다. 드디어 내가 한 살을 더 먹는구나. 새하얀 떡국 위에는 소고기와 김 가루 고명이 얹혀 있었다. 오전부터 울어서인지 배가 고파져 떡국 한 그릇을 순식간에 비웠다. 나이 먹는 게 좋았다. 빨리 한 살, 한 살 먹어서 어른이 되고 싶었다. 어른이 되면 세미처럼 예쁜 옷을 입고 하이힐을 신고 또각또각 소리를 내며 길거리를 걷고 싶었다. 행복한 상상을 한 후, 우리는 짐을 챙겨 외할머니 댁으로 건너갔다. 외할머니 댁은 차로 30분 거리에 있었다. 외할머니 댁으로 가는 차 안에서 아빠의 똑같은 레퍼토리가 시작된다.

"엄마랑 아빠랑 저기서 처음 만났어. 너희 엄마는 뚱뚱하고 못생겼었는데."

"당신은 삐쩍 말라서 볼품없긴 마찬가지였죠."

아빠와 엄마는 대학 시절 친구의 소개로 만났다고 하셨다. 첫눈에 반하지는 않았지만 5년이란 시간 동안 연애를 하며 결혼을 약속하셨다고 하셨다. 아빠는 엄마를 만났기 때문에 내가 태어난 거라고 하셨다. 두 분은 연애할 때 감정이 새록새록 나는지 다정하게 이야기를 나누셨고, 오빠는 피곤한지 잠이 들어 있었다.

외할머니 댁은 할머니 댁과 달리 주택가 가운데 있었다. 상점이 가까이 있었기 때문에 집 근처에서 고기와 과일을 샀다. 벨을 누르자 외삼촌의 목소리가 들렸다. 문이 열리자 문 앞까지 사람들이 마중을 나와 있었다. 외삼촌, 외숙모, 이모, 외사촌들. 이곳도 친가와 마찬가지로 대식구이다. 안방으로 들어가 네 식구 함께 외할아버지, 외할머니께 절을 했다. 외할머니는 명절이 아니어도 갈 때마다 용돈을 주시곤 하셨다. 세배 후 어김없이 세뱃돈을 주셨다. 이번엔 설날이기에 다른 어른들에게도 절을 하고 세뱃돈을 받았다. 속으로 돈 계산을 하기 시작했다. 이 돈으로 무엇을 할 수 있는지도 잘 몰랐다. 하지만 돈은 많이 있으면 좋은 것 같았다.

아빠는 끝 방으로 가서서 외삼촌들과 화투를 하셨고, 우리는 받은 세뱃돈으로 아이스크림 내기를 하며 윷놀이를 했다. 4명씩 한팀이 되었고, 동그랗게 모여 앉았다. 네모난 담요에 윷을 던져 도, 개, 걸, 윷, 모에 따라 하얀색, 검은색 바둑돌을 움직였다. 바둑돌 4개가 먼저 승점에 다다른 팀이 이기는 것이었다. 먼저 가위, 바위, 보를 하여 순서를 정했다. 오빠와 나는 다른 팀에 있었고, 오빠가 있는 팀이 먼저 하기로 했다. 오빠가 먼저 윷을 던졌다.

"개!"

"넌 개띠라 개만 나오나 보다."

언니, 오빠들은 낄낄대며 웃었다. 내 차례가 되었다. 그런데 이상하게 내가 던지면 윷 하나가 담요 밖으로 나가는 것이었다. 오빠는 낙이라며 기회가 없다고 우겼지만 사촌들은 내가 막내니까 기회를 더 주자고 했다. 뾰로통해진 오빠는 날 보며 겁을 주었지만, 외사촌은 전부 오빠와 나보다 나이가 많았기 때문에 어찌할 수는 없었다.

윷놀이는 결국 오빠가 있는 팀의 승리로 끝났고, 오빠는 나를 약 올렸다. 나는 그래도 내가 있는 팀이 진 것이 다행이라 생각했다. 우리가 이겼으면 승리욕이 강한 오빠는 이 일로 나를 달달 볶았을 게 분명했다.

저녁 시간이 되어 명절, 식구들이 모인 자리는 따듯하고 풍요로웠다. 오랜만에 만나도 늘 만난 것처럼 익숙하고 무슨 이야기를 해도 재미있었다. 함께 하는 시간이 즐겁지만 명절이 끝나면 각자 제자리로 돌아가 서로를 잊고 살았다. 돌아오는 길 역시 주차장 같았지만, 마음이 가득 찬 우리 가족은 서로가 있고 갈 곳이 있음에 감사하고 있었다. 날씨는 추웠지만 참으로 따뜻한 설날이었다.

KFC 치킨보다
맛있는
엄마 표 음식

엄마는 우리의 간식을 직접 만들어 주셨다. 고구마나 감자를 쪄 주시기도 했고, 찬밥으로 라이스 크로켓이라는 신메뉴도 개발해서 만들어 주셨다. 엄마가 만들어 주시는 피자와 치킨 덕분에 우리는 배달 음식도 먹지 않았다. 피자는 친구들도, 사촌 언니와 오빠도 반할 만한 맛이었다. 다진 소고기를 채소와 함께 버무려 패티를 굽고 햄버거도 만들어 주셨다. 세 끼를 챙기시는 것만으로도 일이 많을 텐데 우리의 간식까지 만들어 주시니 엄마는 부엌에서 일하시는 시간이 많았다. 우리는 아침도 든든하게 먹었다. 엄마는 새벽 5시부터 일어나 아침 준비를 시작하셨다. 아빠의 이른 출근 덕에 아침은 두 번 차리셔야 했다.

저학년 때는 오빠가 도시락을 쌌는데, 점심시간도 없는 내가 굳이 엄마에게 도시락을 싸달라고 부탁해 도시락도 두 개씩 싸셔야 했다. 오빠가 하는 것이라면 다 하고 싶었고, 쉬는 시간 10분 동안 도시락을 친구들과 나눠 먹기도 했다. 아빠가 아침을 드시고 출근을 하시면 우리는 몇 개 남지 않은 호박전 쟁탈전을 벌이기도 했다. 친구들은 빵이나 우유로 간단하게 아침을 먹고 다니기도 했지만 우리 집에는 예외란 없었다. 늘 새로운 반찬으로 밥상을 차려 주셨다. 가끔은 입맛이 없어 밥을 남기려고도 해 보았지만 밥을 다 먹지 않으면 엄마는 학교에 보내지 않겠다고 하셨다. 오빠와 나는 어쩔 수 없이 남은 밥까지 입에 밀어 넣고 학교에 가야 했다. 당시에는 학교에 하루라도 빠지면 하늘이 무너지는 줄 알았었다.

나는 어릴 적부터 콩밥을 싫어했고 오빠는 잡곡밥을 싫어했다. 엄마는 늘 콩밥과 잡곡밥을 하셨는데, 내 도시락은 언제나 친구들의 놀림거리였다. 검은 쌀이나 콩이 들어간 밥은 하얀색이 전혀 보이지 않았고 나는 괜히 가난한 아이가 된 것 같았다. 쌀밥은 생일 때 먹거나 삼계탕을 만들 때 넣는 찹쌀, 그게 전부였다. 옛날 사람들은 쌀이 귀해서 보리나 현미로 밥을 지어 먹었다고 했는데, 그런 느낌이었다. 반찬도 마찬가지였다. 대부분 나물이나 채소가 많았고, 달걀말이, 장조림이나 불고기도 있었다. 우리 반에는 반찬을 뺏어 먹으러 다니는 남자아이들이 있었는데 내 도시락을 보고 먹을 것도 없다며 툭 치고 갔다. 같이 밥 먹는 친구들도 내 반찬을 집어 먹는 일은 거의 없었다. 햄은 우리 집에서 구경도 할 수 없는 음식이었다. 친구들 반찬에는 소시지, 햄은 거의 필수였는데, 우리 엄마의 장보기 목록에는 없는 품목이었다. 정말 아주 가끔, 가뭄에

콩 나듯이 선물로 들어오거나 할 때만 먹을 수 있었다. 그래도 반찬을 뺏어 먹는 남자아이가 유일하게 내 반찬을 뺏어 갈 때가 있었다. 돈가스 였다. 엄마는 돈가스도 손수 만들어 주셨다. 정육점에서 돼지고기를 사 다가 칼집을 내고 소금과 후추, 술에 재워 놓았다. 그리고 밀가루, 달걀, 빵가루를 묻혀서 튀겼다. 엄마는 돈가스용 돼지고기를 30장씩 사오셨다. 고기가 다 재워지면 우리를 부르셨다. 엄마가 밀가루를 묻혀서 오빠에 게 주시면 오빠는 달걀 옷을 입히고 마지막으로 내가 달걀 옷을 입은 돈 가스를 빵가루 속에 넣고 꾹꾹 눌렀다. 30장의 돈가스가 모두 빵가루 옷 까지 입게 되면 몇 장만 남겨 놓고 냉동실 속으로 들어갔다. 엄마의 수제 돈가스는 정말 맛이 있었다. 케첩을 찍어 먹으면 더 맛이 있다. 그 남자 아이가 내 돈가스를 가지고 갈 때면, 싫어해야 할 상황에 나는 기분이 좋 았다. 엄마와 오빠와 함께 만든 돈가스는 내 생애 최고의 음식이었다.

한 날은 반 친구들 몇 명이 패스트푸드점에 가자고 했다. 학교가 끝 나고 친구들 모아서 간다며, 다음날 돈을 갖고 오라고 했다. 친구들은 너 도나도 좋아했고, 나도 매일 지나가며 보기만 했던 그 치킨이 먹어 보고 싶었다. 당시의 치킨 세트 메뉴는 2,500원이었고, 그 정도면 엄마가 허락 해 주실 것 같았다. 나에게 모아 둔 돈도 있긴 했지만 엄마에게 허락을 받아야 했다. 집에 돌아와 엄마에게 말씀드렸다.

"엄마, 지원이랑 애들이랑 KFC에 가기로 했어요. 거기는 콜라랑 치킨 이랑 해서 세트로 판대요. 그게 2,500원이라는데 저도 가도 돼요?"

"그런 거 몸에 좋지도 않은데 왜 먹으려고 해. 안 돼."

"친한 애들 다 같이 가기로 약속했어요. 저도 돈 주세요."

"안 된다니까."

"애들 다 되는데 왜 저는 안 돼요."

"그럼 그 집에 가서 살아!"

엄마는 화가 나신 듯 내 말을 더 들으려고 하지 않으셨다. 눈물이 주르륵 흘렀다. 그 치킨이 먹어 보고 싶기도 했지만 친구들이 나만 빼놓고 노는 것도 싫었다. 나도 함께하고 싶었다. 하지만 엄마도 화가 나셨기 때문에 더 말하지 않기로 했다. 별것 아니라 생각했고, 내일이면 돈을 주시리라 생각했다. 다음 날 학교에 갈 때 한 번 더 이야기했다.

"엄마, KFC 갈 건데……."

"안 된다고 했지?"

"네……."

내 돈으로 갈 수도 있었지만 엄마 몰래 그곳에 가고 싶지는 않았다. 학교에 가니 아이들은 벌써 무엇을 먹을지 고민하고 있었다. 나는 엄마가 돈을 안 주셔서 못 간다고 말을 했다. 나에게 돈을 빌려주겠다고 했지만, 나는 그럴 수 없었다. 내가 빠지는 것에 친구들은 개의치 않고 자기들끼리 말을 이어갔다. 소외감이 들었지만 어쩔 수 없다고 생각했다. 학교가 끝나자 친구들은 신이 나서 패스트푸드점으로 향했다.

나는 혼자 집에 오는데 발걸음이 참 무거웠다. 엄마가 원망스러웠다. 집에 도착했고 엄마가 문을 열어 주셨다. 나는 인사도 하지 않고 땅만 보고 내 방문을 쾅 닫고 들어 왔다. 엄마는 방문을 살짝 열고 날 보셨다.

나는 돌아보지 않고 그대로 누워 버렸다. 아무 말씀도 하지 않고 방문을 다시 닫고 나가셨다. 한참을 생각에 잠겼다. 치킨이 먹고 싶은 것도 맞지만 친구들과 함께 하는 자리에 내가 빠졌다는 것이 더 크게 다가왔다. 어른들은 이해할 수 없는 핑계를 대고는 했다. 내가 이해할 만한 이유를 주지 않았다. 선생님도 마찬가지였다. 왜 우리가 열심히 공부해야 하는 것인지, 왜 큰 소리로 잡담을 하면 안 되는지, 지각하면 안 되는지, 복도에서 신발을 신고 다니면 안 되는지 설명해 주지 않았다. 그저 '안 돼'라는 말과 꾸지람뿐이었다. 아빠와 엄마도 매일 텔레비전을 보시면서 우리가 늦게까지 보면 혼을 내셨다. 늦은 시간까지 친구네 집에서 놀거나 밖에서 놀면 또 혼을 내셨다. 오빠와 내가 싸우면 또 혼을 내셨다. 이유에 대한 부재 때문에 그저 하면 안 되는 일로만 각인이 되어 있었다. 혼날까봐, 꾸중 들을까 봐 하지 않는 것일 뿐이었다. 오늘도 나는 엄마에게 거짓말을 하고 싶지 않아 곧장 집으로 돌아왔다. 하지만 이것에 대한 칭찬은 없었다. 칭찬에는 야박하고 혼나는 것은 많았다. 머리가 복잡해지면서 잠이 스르르 왔다. 얼마나 잤을까. 눈을 떠보니 방문 틈으로 맛있는 냄새가 흘러들어 왔다. 부엌으로 가보니 엄마는 닭을 사와 튀기고 계셨다.

"얼른 먹어. 식기 전에."

엄마는 나를 힐끗 보시고는 다시 하던 일을 계속하셨다. 나는 식탁에 앉아서 엄마가 튀겨주신 닭을 먹었다.

"맛있다."

나는 엄마를 보며 웃었다. 엄마도 그런 날 보며 웃어 주셨다. 웃는 엄마를 보니 마음이 조금은 가라앉았다. 엄마한테 화가 나 있던 사실도 조금은 누그러졌다. 닭을 튀기는 일은 쉬운 것은 아니었다. 그렇기 때문에 엄마도 자주 해 주시는 요리는 아니었다. 닭을 튀기고 나면 싱크대와 바닥이 기름으로 범벅이 되고 그것을 닦아 내느라 고생하시기 때문이다. 그리고 기름이 많은 음식은 좋지 않은 것이라고 하셨다.

엄마의 표정을 보며 알 수 있었다. 엄마는 지금 내게 칭찬을 해주시고 계신 것이었다. 내가 말하지 않아도 내가 속상했다는 것을 아셨고, 돈이 있으면서도 친구들과 함께 가지 않고 엄마와의 약속을 지켜준 것도 고맙게 생각하셨다. 엄마는 그래서 내게 닭튀김을 해주신 것이었다. 나도 엄마에게 더 말을 하지 않고 맛있게 엄마가 해주신 음식을 먹었다.

"엄마, 그래도 그 집 치킨 맛이 궁금해요."

나는 다 먹은 그릇을 싱크대에 올려놓으며 말했다. 언젠가는 밖에서 사 먹는 치킨도 먹어 보리라 생각했다. 엄마는 내 말에 조금 서운하셨는지 대답을 하지 않으셨다. 나는 그 아파트에서 5년을 살았고, 가족들과 함께 노래방에 갈 때면 피자헛과 KFC를 지나가야 했는데 늘 쳐다보기만 해야 했다. 친구들은 주말에 피자헛에 갔다 온 이야기를 했는데 피자헛 피자는 굉장히 비쌌다. 그 맛이 궁금했지만, 문밖으로 흘러나오는 냄새만 맡을 뿐이었다. 그로부터 몇 년 후에 친구의 생일잔치를 KFC에서 한 덕분에 딱 한 번 맛을 볼 수 있었다. 하지만 치킨은 너무 짰고 내 입맛에 맞지 않아 다시는 먹지 않았다. 엄마가 해주는 치킨이 더 맛있다는 것을 그때야 알 수 있었다.

걸친 옷보다
　더 가치 있는
　사람

　　　　　엄마와 아빠는 단층 주택에 방 한 칸 월세로 신
혼을 시작하셨다고 하셨다. 아빠는 대학교 졸업 전에, 취업이 되자마자
엄마와 결혼을 하셨다. 시골에서 자란 아빠는 모아 둔 돈도 없었고 친가
에서 보태주실 돈도 없었다. 그래서 엄마의 혼수비용으로 보증금을 마련
하셨다고 했다. 연고도 없는 서울에 올라와 작은 방에서 생활했지만 엄
마는 아빠의 아침을 한 번도 거르지 않고 차려 드렸고, 밤늦게 들어 오
시는 아빠를 위해 저녁도 매일 하셨다. 공용화장실밖에 없어서 부엌에서
씻었다고 했다. 냉장고도 없이 살다가 아빠의 회사에서 나오는 명절 선물
로 받았다고 하셨다. 아무것도 없던 우리 집에 하나하나 살림살이가 늘
어갔고, 내가 두 살이 되던 해에 우리는 아파트로 이사했다. 그래서 나에
게는 월세로 방을 전전하던 기억은 없고 주민등록등본 상 주소 이력에

만 남아 있을 뿐이다.

내가 학년이 올라가고 커갈수록 우리 집은 점점 커졌다. 평범, 아니 그 이하라고 생각하고 살아왔는데 그것은 바뀌게 되었다. 친구들은 평수로 그 아이의 부유함을 평가했고, 큰 평수의 아파트로 이사하고 나서는 부잣집 아이로 인식되었다. 하지만 엄마, 아빠는 늘 똑같이 검소하셨고, 전기, 수도, 종이 하나도 낭비하시는 일이 없었다. 양말이 구멍 나면 엄마는 꿰매주셨고, 뜯어진 옷은 다른 색으로 기워 주실 때도 있어서 창피하기도 했다. 여전히 우리 집은 외식을 잘 하지 않았고, 한 번의 해외여행 이후에 또 비행기를 탈 수 없었다. 용돈도 다른 아이들이 받는 그 정도, 아니 그보다 조금 적었다. 내가 체감하는 우리 집은 평수만 넓었고 여전히 가난했다.

오빠와 나는 백화점에서 옷을 산 기억도 입은 기억도 없었다. 엄마는 10년도 더 된 결혼 전에 입은 옷을 입으셨고 길거리에서 파는 만 원 미만의 옷만 사 입으셨다. 그래도 우리의 옷을 안 사주시는 것이 야속하기만 했다. 상가에서 파는 운동화를 사주시거나 사촌들이 입는 옷을 얻어 입은 것이 대부분이었다. 오빠는 남자라 그런지 옷에 대해서 크게 신경 쓰지 않았지만 나는 달랐다. 매일 예쁜 옷을 바꿔가며 입고 싶었고, 많으면 많을수록 좋았다. 내가 딸이어서 그랬는지 아빠는 내게 예쁜 옷을 많이 사주셨지만 나의 욕심은 끝이 없었다. 매일 엄마에게 옷을 사달라고 졸랐다. 나도 친구들처럼 엄마와 옷가게에 가서 내가 원하는 옷을 사고 싶었지만 엄마는 사주지 않으셨다. 내가 옷뿐이 아니라 사달라고 조르는 일이 워낙 많았기 때문에 크게 신경 쓰지도 않으셨다. 내 키가 엄마와 비슷해질 정도가 되니 나의 옷 욕심은 더 커졌다. 일기를 써서 일부러 방에 펼쳐 놓기도 했다. 엄마가 내 마음을 이해해주기를 바랐다. 하지만 엄마도 완강하셨다. 매일 같이 옷 때문에 엄마와 싸우고, 말을 안 했다가 풀어졌다가를 반복했다. 친구네 집에 갔다가 넘쳐나는 옷장을 보면 더 심해졌다. 점점 유행을 따라 하고도 싶어져서 한 번 입고 안 입기도 했다. 엄마가 옷을 아예 안 사주시는 것도, 내가 옷이 없어 벗고 다니는 것도 아니었다. 단지 내 욕심이 많을 뿐이었다.

친구들은 내가 모르는 백화점 브랜드 옷을 입기도 했는데, 나는 그런 옷까지는 바라지도 않았다. 그냥 다다익선이었다. 그때는 왜 그렇게 옷을 사고 싶어 했는지 모르겠다. 아무거나 입어도 예쁠 나이고, 매일 같은 옷을 입는다고 욕할 사람도 없었는데 말이다. 시간이 흐르고 내가 더는 키가 자라지 않을 때가 되자 엄마는 백화점에서 비싼 옷을 많이 사주셨다. 그리곤 말씀하셨다.

"옷만 비싼 옷을 걸치는 사람이 아니라, 너 자신도 함께 비싸져야 하는 거야. 그렇게 하기로 엄마랑 약속해."

아빠,
바쁘지만
사랑하는

　　　　　　　아주 어릴 적 기억은 잘 나질 않지만, 내가 기억
하는 아빠는 휴일과 공휴일에만 볼 수 있었다. 휴일에도 아침을 드시고
낮잠을 주무시는 경우가 많아서 함께 하는 시간은 많지 않았다. 아침에
는 일찍 나가시기 때문에 우리는 엄마가 깨우시면 비몽사몽 간에 "안녕
히 다녀오세요."라고 인사했고 세수도 하지 않고 눈도 못 뜬 우리의 모습
에 아빠는 웃으며 나가셨다. 우리는 다시 침대로 들어가 잠을 더 청하곤
했다. 이런 인사가 무슨 의미가 있었겠냐만 엄마는 매일 우리를 깨우셨
다. 내가 4학년 때는 회사에 다니시며 대학원에 다니셨는데 늦게 퇴근해
서 오시면 내 책상에서 공부하셨다. 스탠드 불빛에 잠이 들지 못해 뒤척
이며 본 아빠의 뒷모습은 어린 나에게도 안타까움으로 다가왔다. 그때는
다른 아빠를 직접 보지 못하기 때문에 아빠는 원래 다 그런 줄 알았다.

일찍 나갔다가 한밤중에 들어오시고 주말에는 잠만 주무시는 그런 모습 말이다. 어쩌다가 공휴일에 아빠가 대공원이라도 놀러 가자고 하시면 우리는 신이 나 준비를 했다. 씻고 옷을 입고 나갈 준비를 하고 아빠를 기다리면, 어느새 잠들어 버리신 아빠를 기다리다가 하루가 가버리기도 했다. 그러면 우리는 실망을 해 아빠의 말씀에 대꾸도 하지 않았다. 이런 일이 여러 번 계속되자 우리는 아예 아빠의 약속을 믿지 않았다.

아빠는 학창시절에 1등을 놓친 적이 없었고 반장만 하셨다고 했다. 물론 여기에는 조금의 과장이 있었겠지만, 우리는 이 역시도 믿지 않았다. 우리가 시험에서 한 개나 두 개를 틀리면 아빠는 100점을 맞아야 한다고 하셨다. 우리가 2등이나 3등을 해도 언제나 1등만을 외치시던 아빠였다. 시험을 잘 본 날 집에 가자마자 시험지를 꺼내 엄마에게 자랑하면 잘했다고 칭찬을 해 주셨지만, 아빠는 언제나 냉소적이셨다.

"다 맞아야지. 이런 건."

오빠와 나는 점점 아빠에게 성적표를 보여 드리지 않았고, 학년이 올라가면서 노력조차 하지 않게 되었다. 잘해도 못해도 아빠의 성에는 차지 않았기 때문이었다. 게다가 오빠에게는 남자로서의 강인함을 강조하셔서 우는 모습을 보면 불같이 화내셨다. 오빠가 나를 괴롭혀도 오빠만 의자 같은 무거운 물건을 들게 하셨다. 팔이 부들부들 떨려 놓으려고 하면 화를 버럭 내셨다. 그것도 못 들고 있다고. 오빠에게 아빠는 무서운 존재로 낙인이 되었고, 부자간은 더 멀어지게 되었다. 학교에서 가족회의라는 것에 배워온 나는 아빠에게 건의했다. 우리 가족도 일주일에 한 번 가족회의를 하는 게 어떤가 하고 말이다. 아빠, 엄마 모두 좋다고 하셨고 일요일 오후 우리 가족은 가족회의를 하게 되었다. 이런 식의 가족 대화는 어색한 우리였기에 무슨 말을 해야 할지 망설여졌다. 건의사항에 대해 이야기 하기로 하고 말을 시작했다. 아빠는 우리가 산에 가는 것을 좋아했으면 좋겠다고 하셨다. 아빠가 우리를 깨우시면 우리가 "네"하며 한 번에 일어났으면 좋겠다고. 새벽에 일어나는 것은 우리에게도 힘든 일이어서 한 번에 일어나기는 쉽지 않다고 말씀드렸다. 하지만 아빠는 또 옛날이야기를 꺼내셨다. 우리의 이견은 좀처럼 좁혀지지 않았고, 가족회의에서는 상처만 남게 되었다. 그다음 주 일요일이 되자 누구도 가족회의의 기억 자도 꺼내지 않게 되었다.

아빠는 일주일에 한 번은 술을 드시고 집으로 돌아오셨다. 회식이나 접대를 한 것 같았는데, 밤늦게 오시면 꼭 우리 방으로 들어 오셨다. 그리고 큰 소리로 우리를 깨우셨다. 우리가 일부러 눈을 감고 자는 척을 하면 흔들기 시작하셨다.

"이것들이 아빠가 왔는데 인사도 안 하고."

"……."

"자는 척하지 말고 일어나."

"……."

나는 술 냄새에 코를 잡았다. 아빠는 우리 둘을 꼭 끌어안으셨다. 아프다고 비명을 질러도 더 세게 안으시고는 노래를 부르신다. 엄마는 아빠를 모시고 나가서 침대에 눕히고 양복과 양말을 벗겨 드렸다. 이내

드르렁 코고는 소리가 났다. 그 짧은 시간에 아빠는 잠드셨다. 오빠와 나는 분명히 깨어 있었지만 절대 움직이지 않고 다시 자려고 노력했다.

그다음 주가 되자 한밤중 초인종 소리가 들렸다. 아빠는 문밖에서 신나게 노래를 하고 계셨다. 엄마는 얼른 문을 열어 아빠를 안으로 들어오시게 했다. 엄마가 문을 여시자 거의 동시에 오빠는 벌떡 일어나 문을 잠갔다. 아빠는 우리 방문을 두들기셨고, 엄마는 시끄럽다고 만류하셨다. 늦은 시간 다른 집에서 시끄러울 거라고 하셨다. 하지만 만취하신 아빠는 아랑곳하지 않고 문을 두들기셨다. 참다못해 문을 열고 아빠가 들어오셨다. 똑같은 레퍼토리였다. 아빠는 다시 거실로 나가 소파에 누우셨다. 누군가를 계속 욕하셨다. 내용을 잘 알아들을 수는 없지만 김 부장, 최 이사 등 아빠의 회사 사람들인 것 같았다. 평상시에 우리와 대화하실 때는 하지 않으셨던 심한 욕도 하셨다. 새로운 아빠의 모습에 놀라기도 했다. 혼잣말로 욕을 한참 하시고는 다시 빠른 속도로 잠에 빠져 코를 골기 시작하셨다. 우리는 안도의 한숨을 쉬고 다시 잠을 청한다. 새벽에 들어오신 아빠는 또 새벽같이 출근을 하셨다. 간밤에 우리를 깨운 것이 맘에 걸리셨는지 엄마는 이런 날은 우리를 깨우지 않으셨다.

학기 초에는 가정환경조사서를 낸다. 그곳에 아빠 직업은 '회사원', 엄마 직업은 '무'라 적었다. 엄마는 학교에서 '집이 어느 정도 사는 것 같니'라고 물으면 '중간이요'라고 대답하라고 시키셨다. 아빠의 회사 이름 정도는 알고 있었지만 아빠가 정확히 무슨 일을 하시는지는 몰랐다. 친구들은 해외여행도 잘 갔지만, 나는 해외여행을 가본 적도 겨울에 스키장을 가본 적도 없었다. 그래서 더더욱 우리 집이 남들보다 못하다고 생각했었다. 친한 친구가 사이판에 놀러 간다고 자랑을 했다. 여름방학이 오기 전부터 계속 자랑을 했다. 나는 엄마에게 우리도 여행 가자고 졸랐다. 나도 비행기를 타 보고 싶었다. 아주 높이 나는 비행기는 산 정상에서 보는 것보다 더 사람이 작게 보일 것 같았다. 엄마는 아빠께 말해보라고 하셨다. 나는 아빠에게 친구가 사이판에 간다고 말씀드렸다. 나도 비행기도 타 보고 싶고 해외여행도 가보고 싶다고 했다. 예상보다 쉽게 승낙을 하셨고 그해 우리 가족은 괌으로 갔다. 처음 가는 해외여행에 신이 났고, 새로운 세계와 사람들, 먹거리에 어떻게 시간이 가는 줄 몰랐다. 나도 아빠와 함께, 그리고 가족들끼리 함께 하는 시간이 즐거웠다. 그 이후에는 또 한동안 비행기 탈 일이 없었지만 아빠가 해외출장을 갔다 오시면 사오시는 초콜릿을 위안으로 삼았다.

아빠는 다음날도 어김없이 또 출근하셨다. 밀린 일을 처리하시는지 다른 날보다 더 늦게 퇴근을 하셨다. 아빠는 많이 늦지 않을 때는 퇴근할 때 집에 전화하셨는데, 집에서 역까지 거리가 있어서 엄마가 차를 가지고 아빠 마중을 나가야 했기 때문이다. 엄마는 아빠가 회사에 계신 동안에는 아주 급한 일이 있지 않은 한 전화를 하지 않으셨다. 아빠 역시 일하실 때는 전화를 안 하셨지만 나는 참지 못하고 아빠 회사로 전화를 걸곤 했다. 아빠가 집에 오신다고 다를 것도 없었지만 우리는 매일 아빠를 기다렸다. 우리는 저녁을 먹고 씻고 아빠를 기다렸고 잠옷 바람으로 차를 타고 역으로 나갔다. 당시에는 핸드폰도 없어서 아빠가 어디쯤 오시는지는 알 수 없었다. 어떤 때는 가자마자 오실 때도 있었지만, 대부분은 열차를 3~4대는 보내야 오셨다. 10대를 보내도 안 오실 때도 있었는데, 공중전화로 아빠 회사에 전화를 걸면 아빠가 받으시면서 급한 일이 생겨서 들어가라고 하실 때도 있었다. 열차가 도착하고 오빠와 나는 난간에 매달려 계단을 뚫어져라 쳐다보았다. 많은 사람 사이에 아빠가 보였다. 우리는 크게 아빠를 부르고 손을 흔들었다. 아빠의 입가에 미소가 번졌다. 아빠는 늦게 오셔도 집에서 식사를 하시는 일이 많았다. 그러면 우리는 밥을 이미 먹었어도 상 앞에 앉아 있었다. 아빠를 자주 보지 못하기 때문에 일부러 엄마가 우리에게 시키셨던 것 같다.

어버이날에 직접 만든 카네이션을 아침에 달아 드리면 아빠는 그대로 달고 출근을 하셨다. 아빠에게 카드도 썼다.

'아빠, 감사합니다. 그리고 사랑해요.'

말뿐이 아니라 진심이었다. 아빠는 우리 가족을 지켜주는 울타리였다. 아빠의 존재는 책에서 배워서 깨닫는 것이 아니었다. 바쁜 와중에도 우리를 신경 써 주시고 함께하려고 했던 그 마음을 가슴에서 느낄 수 있었다. 약속을 지키지 않는 아빠도, 과대한 기대를 하시는 아빠도, 잠만 주무시는 아빠도 다 용서할 수 있었던 것은 아빠였기 때문이었다. 그래서 다시 믿게 되는 것이었다.

시간이
흐르고

나이가 들고 보니 오빠가 왜 그토록 날 괴롭혔는지 알 것 같다. 당시에는 오빠가 죽을 만큼 미웠고 없어져 버렸으면 좋겠다고 생각할 때도 많았다. 둘째가 태어나면 첫째의 배신감은 매우 크다고 한다. 나밖에 모르고 나만 바라봐주던 부모님이 둘째를 챙기는 것은 다른 여자가 생긴 남편에 비유되기도 한다. 게다가 둘째는 첫째가 하는 것을 보고 첫째의 실수를 반복하지 않는다.

기억나지 않는 어린 시절부터 나도 오빠가 혼나는 것을 보고 자연스레 하지 말아야 하는 것에 대한 습득이 이루어졌던 것 같다. 이로써 둘째를 싫어할 수 밖에 없는 이유가 하나 더 생긴다. 어릴 적 보름달을 보거나 소원을 비는 순간에 엄마의 소원은 늘 가족의 건강이었다. 나는 이해하지 못했다. 하지만 지금 나에게 소원을 비는 순간이 오면 나는 주저

없이 가족의 건강을 빈다. 물음표투성이였던 내 어린 시절에 대한 대답은 누구도 해주지 않았지만, 시간이 가면서 자연히 깨닫게 되었다. 그토록 바라고 갖고 싶었던 것도 이제는 아무 의미가 없어졌다. 시간이 흐른다는 것은 많은 의미를 담고 있다. 상처를 치유해 주기도 하고, 몰랐던 것을 앎으로 이끌기도 한다. 새로운 것을 만나게도 해주고, 경험을 추억으로 바꿔주며, 그 추억을 기억하게 해준다.

20여 년이 지난 지금도 바뀌지 않은 것이 있다면, 아빠는 여전히 새벽에 일어나서서 늦게까지 일을 하고 집에 들어오시고, 엄마는 여전히 새벽 5시에 일어나 아침을 차리시고, 저녁도 매일매일 차리신다는 것이다. 아직도 검소하게 아끼며 살고 계신다. 또 아직도 나는 오빠와 다투고 있다. 나도, 내 생활도 많이 바뀌었지만, 여전히 바뀌지 않은 것이 있다는 것이 놀랍다. 열심히 살아 주신 부모님 덕에 지금의 내가 존재할 수 있고, 또 나의 핏줄인 오빠가 존재했기에 외롭지 않았다. 서툴게 시작한 가족이란 이름으로 이제는 각자 독립을 했지만, 내 생활습관과 방식은 모두 그때 그 시절의 것이다. 아직도 변하지 않으려 노력하시는 부모님께 감사하고, 나의 형제라는 이름으로 남아 있는 오빠에게 감사한다.

아이를 낳고 사회생활을 하면서 원칙을 지키고 처음과 같은 마음을 유지해 나간다는 것이 얼마나 어려운지 알게 되었다. 세상이 변하고 나의 겉모습이 변하더라도 분명히 바뀌지 말아야 할 부분이 존재한다. 나는 그것들을 지켜가려고 노력하고 있고 그 밑바탕에는 나의 어린 시절 가족에 대한 기억이 있다. 오랜 시간 나의 사고와 가치관을 형성해 온 기억이다. 사람들은 과거에 연연하지 말라고 한다. 미래의 망상에 빠지지도 말라고 한다. 현재가 중요한 것이라고 말이다. 지금 이 순간이 중요한 것은 당연하지만, 과거 또한 나를 살아가게 하는 이유다. 어릴 적 기억은 죽을 때까지 내 머릿속에 있을 것이며 그 추억들을 떠올리며 행복해 할 것이다. 시간이 더 흐르면 지금 내가 느끼고 있는 감정들도 또 다른 방향으로 흐를 것이다.

매 순간 나는 과거를 바탕으로 미래를 그리며 현재를 살아갈 것이다. 그래서 나의 소중한 추억들을 꺼내어 보았다. 평범하지만 조금은 특별한 그 추억들을 말이다.

초판 1쇄 인쇄 2016년 08월 08일
초판 1쇄 발행 2016년 08월 12일

지은이 이지영
펴낸이 김양수
표지 본문 디자인 이정은   **교정교열** 염빛나리

펴낸곳 휴앤스토리   **출판등록** 제2016-000014
주소 (우 10387) 경기도 고양시 일산서구 중앙로 1456(주엽동) 서현프라자 604호
대표전화 031.906.5006   **팩스** 031.906.5079
이메일 okbook1234@naver.com   **홈페이지** www.booksam.co.kr

ⓒ 이지영, 2016

ISBN 979-11-957879-8-2 (03800)

＊이 책의 국립중앙도서관 출판시도서목록은 서지정보유통지원시스템 홈페이지(http://seoji.
 nl.go.kr)와 국가자료공동목록시스템(http://www.nl.go.kr/kolisnet)에서 이용하실 수 있습니다.
 (CIP제어번호 : CIP2016019087)
＊이 책은 저작권법에 의해 보호를 받는 저작물이므로 무단전재와 무단복제를 금지하며, 이 책
 내용의 전부 또는 일부를 이용하려면 반드시 저작권자와 휴앤스토리의 서면동의를 받아야 합
 니다.

＊파손된 책은 구입처에서 교환해 드립니다.   ＊책값은 뒤표지에 있습니다.